MALEK

Janine Boissard est née et a fait ses études à Paris. Elle a vingt-deux ans lorsque paraît son premier roman, *Driss*, chez René Julliard, signé de son nom de femme mariée, Janine Oriano, mais elle reprend son nom de jeune fille pour publier aux éditions Fayard sa célèbre saga, *L'Esprit de famille* (six volumes en tout, de 1977 à 1984). Elle a écrit depuis bien d'autres romans et sagas romanesques, dont beaucoup ont été adaptés à la télévision. Janine Boissard a été décorée des Palmes académiques pour son action auprès de la jeunesse. Elle est mère de quatre enfants.

Paru dans Le Livre de Poche :

L'AMOUR, BÉATRICE

BÉBÉ COUPLE

BELLE-GRAND-MÈRE

1. Belle-grand-mère
2. Chez Babouchka
3. Toi, mon Pacha
4. Allô, Babou viens vite... on a besoin de toi !

CROISIÈRE

1. Croisière
2. Les Pommes d'or

L'ESPRIT DE FAMILLE

1. L'Esprit de famille
2. L'Avenir de Bernadette
3. Claire et le bonheur
4. Moi, Pauline
5. Cécile, la Poison
6. Cécile et son amour

LAISSE-MOI TE DIRE

PRIEZ POUR PETIT PAUL

RECHERCHE GRAND-MÈRE DÉSESPÉRÉMENT

LA RECONQUÊTE

RENDEZ-VOUS AVEC MON FILS

UNE FEMME NEUVE

UNE FEMME RÉCONCILIÉE

UNE GRANDE PETITE FILLE

JANINE BOISSARD

Malek

Une histoire vraie

FAYARD

ISBN : 978-2-253-12915-8 – 1re publication LGF

À Claude Durand
et à lui seul.

AVANT-PROPOS

C'est au salon du livre de Nice. Entre deux signatures, les auteurs se retrouvent pour déjeuner en bord de mer, abrités par des parasols car le soleil de cette fin juin frappe fort. Combien sommes-nous à table ? Je n'en garde aucun souvenir, comme si l'événement magique qui va se produire avait oblitéré tout ce qui n'était pas l'essentiel.

À l'autre bout de cette table, se trouve Malek Chebel. Bien sûr, j'ai entendu parler de lui, notamment du livre qu'il est venu signer à Nice : *Le Kama-Sutra Arabe*, mais nous ne nous sommes jamais rencontrés. Alors que je raconte à mes voisins le sujet du manuscrit que je viens de terminer : *Je serai la princesse du château*, où je parle de mon enfance et de la naissance de ma vocation d'écrivain, voici que Malek me fait signe : « Si tu venais t'asseoir près de moi, Janine ? »

Je m'exécute, déconcertée par le tutoiement. Il rit : « Tu ne sais pas ? C'est comme ça que cela se passe en Algérie. » Et il m'apprend que, lui aussi, tout môme, s'était fait la promesse d'être un jour reconnu, me citant quelques anecdotes qui me ramènent à celles que j'ai moi-même vécues.

Que m'arrive-t-il ? Je m'entends lancer : « Tu vois, Malek, ton histoire, il faut une romancière pour la raconter. Moi, je saurais.

– Merci, me répond-il avec un sourire. On me l'a souvent proposé mais je ne suis pas prêt. »

J'oublie. Ce n'étaient là que paroles en l'air. Méfiez-vous des paroles en l'air. Elles sont parfois porteuses d'avenir.

Quelques semaines plus tard, nouvelle rencontre avec Malek, cette fois dans le train qui nous emmène à la fête du livre de Nancy. Tandis que nous nous rafraîchissons au bar, je demande, par jeu : « Alors, Malek, et ce livre en commun ?

– Je suis prêt », répond-il.

Il plaisante ? Je ris : « Et qu'est-ce qui t'a fait changer d'avis ? »

Alors, celui que je considère déjà comme un petit frère, un petit frère de peines, d'espoir, de rêve exaucé, me répond le plus simplement du monde :

« C'est toi. »

1

Petite Rose

Il a neigé cet hiver sur le massif d'El-Alia, mais les légers flocons que la brise éparpille sont les pétales des vergers qui couronnent les collines de Philippeville, au nord-est de l'Algérie.

En ce dimanche d'avril, Zohra, dont le prénom veut dire « Petite Rose », s'est échappée de la maison de son beau-père, entraînant avec elle Daloula, sa cousine de huit ans, dite « fille gâtée », et elles sont descendues sur la plage.

Dans son état, est-ce bien raisonnable ? Zohra n'a rien voulu entendre. C'est qu'elle a une tâche importante à accomplir ! Parvenue à l'endroit où le sable blond se marie avec la terre ocre dans un entrelacement de ronces et de fleurs sauvages, elle est tombée à genoux, elle y a plaqué sa main, doigts écartés, pour marquer son empreinte, et ainsi porter chance à l'enfant dont le mouvement se fait de plus en plus impérieux dans son ventre.

Zohra a grandi près de cette mer qui a donné sa couleur aux yeux de Hocine, son tendre époux. Ensemble, ils s'y sont baignés, ils lui ont dérobé ses plus beaux coquillages, ils se sont régalés sur son rivage de dattes onctueuses et de clémentines acidulées ; son chant a accompagné leurs noces et, cet après-midi de printemps, la jeune femme est venue lui dire que c'est pour bientôt et que ce sera un garçon.

Elle le sent. D'ailleurs, elle a déjà choisi le prénom avec son mari. Il s'appellera Malek, qui veut dire « seigneur ».

Un peu plus tard, toujours accompagnée de Daloula, Zohra s'est rendue dans la belle propriété de son père, le puissant Amadi. Elle s'est arrêtée un instant dans la vaste cour, pleine de cris et de rires joyeux, pour reprendre souffle et regarder son enfance, puis elle est allée embrasser Hadja, sa mère, qui, elle, a donné six fois le jour : deux filles et quatre garçons. Et, dans l'obscurité de la cuisine, elles se sont raconté ces choses que les hommes ne savent entendre.

De retour chez son beau-père, Chérif, elle a pris un repas léger avant de monter dans sa chambre, où elle s'est assurée que tout était prêt dans le couffin de raphia et de palmier noir : les langes blancs, les délicates chemises brodées, les chaussons et les bonnets, tricotés durant l'hiver. Elle y a ajouté quelques effets pour elle : la croix berbère offerte par sa grand-mère, une photo de son bien-aimé, un coquillage qui ne parle qu'à son oreille. Enfin, elle s'est étendue, elle a croisé ses mains sur son ventre et elle a attendu.

La nuit avait pris possession du ciel lorsqu'elle a ressenti la première douleur, sourde et brève. Zohra a réveillé Hocine, endormi à son côté : « Il vient ! » Tandis que son mari courait avertir ses parents : « Il vient ! Il vient ! » et que ceux-ci envoyaient quelqu'un chez Amadi, les eaux se sont écoulées de son ventre.

Avec l'aide d'une servante, dans la lumière dansante de la lampe à pétrole, elle a revêtu l'une de ses plus belles robes. Elle a caressé une dernière fois le berceau suspendu près du lit, orné de la main de Fatma, la main du bonheur, et elle est partie vers le grand rendez-vous.

La somptueuse Peugeot noire d'Amadi roule vers la clinique de Philippeville, ainsi baptisée en l'honneur de Louis-Philippe, roi de France. Hadja serre Petite Rose contre sa vaste poitrine qui a allaité six enfants : « Tout ira bien, ma fille. » Les contractions sont plus rapprochées, la souffrance est plus vive. Cette souffrance qui mène au bonheur, Zohra l'accepte. Elle est la vie qui déchire la terre, le fruit qui force la gaine. Elle n'a jamais entendu parler d'accouchement sans douleur.

Les voici enfin arrivés. Le regard fier de Hocine l'accompagne.

Tu es venu au monde, Malek, un lundi 23 avril, à une heure du matin. Premier jour de la semaine, première heure du jour, premier fils ô combien désiré. Toutes les bonnes étoiles en diadème sur ton front.

Sept jours plus tard, le chiffre symbolique, inscrit dans la Bible comme dans le Coran, *sab'a*, qui évoque les sept cieux, les sept terres, et les sept portes aux remparts des villes anciennes, ton nom a été acclamé lors d'une grande fête où l'on a tué le mouton.

Dès l'aube, les servantes sont descendues à la source salée et elles ont rempli les seaux pour le nettoyage et le gros œuvre. Plus tard, aux deux sources douces, elles ont recueilli la précieuse eau à boire.

Le mouton a mijoté longtemps, ainsi que les légumes, dans le grand couscoussier. Les odeurs d'épices – coriandre, cumin, safran, gingembre – se déployaient jusqu'à la mer. Comme il se doit, hommes et femmes ont pris leur repas séparément, reliés par le cordon vibrant des enfants courant des uns aux autres, se régalant de cornes de gazelle, de makrouds de dattes, et de ces délicats gâteaux découpés en losange, faits de pâte d'amande, parfumés à la fleur d'oranger, nappés de sucre blanc qui dessine autour des lèvres la couleur des futurs souvenirs.

On a bu du lait fermenté conservé dans l'outre en peau de bouc, des jus de fruits pressés, de la limonade, ainsi que les trois thés : le thé vert au goût amer, le même, plus léger et sucré, et le thé à la menthe, dont on dit qu'il est doux comme l'amour.

Zohra a reçu de nombreux présents : bracelets et colliers, tissus et objets bénéfiques, et, dans un panier, ainsi que le veut la coutume, douze œufs pondus du jour.

Combien de visages, Malek, se sont-ils penchés sur ton berceau ? Combien de bonnes fées, comme dans les contes de Grimm que les écoliers de Philippeville recevaient en récompense de leur mérite ? Quel avenir t'ont-elles prédit ?

Prospère propriétaire terrien comme Chérif et Amadi ? Fonctionnaire estimé de l'administration comme ton père ? Ou peut-être riche commerçant tirant bénéfice de la mer ?

Si complices qu'elles aient été avec les astres, aucune fée n'aurait pu prévoir que le « seigneur » deviendrait prince.

Des mots.

2

Disparition d'un père

En ces années cinquante, Chérif et Amadi, grands-pères de Malek, règnent sur de nombreuses terres, et la terre est féconde au bord de la Méditerranée.

À flanc de collines prospèrent la vigne et l'olivier. Dans les champs sont cultivés le blé, le maïs, le sorgho. Potagers et vergers sont florissants, la forêt donne le bois nécessaire à la cuisine et au chauffage, sans compter la fabrication d'objets usuels et de meubles. Amadi et Chérif possèdent en outre un important cheptel.

L'ensemble fournit du travail à quantité d'ouvriers que supervisent contremaîtres et métayers. Tes grands-pères sont respectés et aimés.

En bons musulmans, cinq fois par jour, après les ablutions, ils font la prière. « *Allah akbar, Allah akbar*, Allah est le plus grand, Allah est le plus grand. » Le vendredi, ils se rendent à la mosquée. Ils observent le jeûne du ramadan, versent l'aumône et pratiquent l'hospitalité.

Leurs épouses disposent de toute l'aide désirée pour

les tâches ménagères et la garde de leur abondante progéniture, qui loge dans les confortables dépendances de leurs propriétés. Elles portent le hidjab de pudeur, un foulard auquel, lorsqu'elles se rendent en ville, elles ajoutent le triangle blanc de dentelle sur leurs lèvres.

Elles ne l'imposent pas à leurs filles, libres de montrer les couleurs de leur visage, rehaussées par le khôl que chacune prépare à sa façon : mélange d'antimoine, de grains de poivre, d'ambroise, de noyaux de dattes grillées, tant et tant d'ingrédients que l'on s'y perd si l'on n'est pas femme.

Zohra enseigne à Daloula, sa cousine préférée, comment cueillir les feuilles de henné à l'arbuste qui pousse dans la cour et qui, mélangées à l'huile d'olive et à l'eau de rose, donnent une pâte qui fait flamboyer les cheveux. Et ne dit-on pas que le henné éloigne le mauvais œil ?

Daloula mérite bien son nom : « fille gâtée ». Du haut de ses huit ans, elle croque déjà dans la vie à pleines dents et rit de tout, parfois même de ce dont il est péché de se moquer.

Tu viens d'avoir deux ans et Zohra t'a offert le plus beau des présents : un petit frère, Tayeb. Alors que tu as les yeux bruns de ta mère, les yeux de Tayeb ont pris le bleu intense de ceux de Hocine.

En cette chaude journée où triomphe l'été, c'est la fête d'Aïd El-Kebir, qui, soixante jours après le ramadan, célèbre Ismaël et tous les prophètes et commémore le sacrifice d'Isaac par son père Abraham. Sacrifice ordonné par Dieu pour éprouver la foi de son serviteur. Au moment où Abraham s'apprête à exécuter l'ordre, Dieu, satisfait de sa soumission, lui envoie un bélier qui remplacera le fils.

Pour les réjouissances qui dureront deux jours, Chérif a fait sacrifier deux moutons. Les hommes s'en régaleront aux accents de la flûte et du tambourin. Ils chanteront et réciteront des poèmes à la gloire d'anciens héros, de l'ivresse d'aimer et du bonheur de vivre sous un ciel béni.

Dans leurs plus beaux atours, les femmes les écouteront de loin, en parlant, elles, des menus événements de la vie, la vie qui vient, la vie qui va et s'en va ; Zohra, Tayeb à son sein.

Rayonnant de fierté, la main dans celle de son père, un petit garçon trottine, écoutant sa voix sans comprendre les paroles qu'il prononce.

On dit que, durant le septième mois de grossesse, le fœtus perçoit la voix de celui-ci et que, une fois né, il la reconnaît. Que de fois Hocine t'a-t-il parlé en caressant la tendre enveloppe de chair à l'abri de laquelle tu te formais.

Cette voix, en ce jour où l'on célèbre Abraham et Isaac, et Ismaël, bien sûr, un père et son fils, tu l'entends pour la dernière fois.

Nul n'a vu Hocine quitter la fête. A-t-il éprouvé le besoin d'aller faire quelques pas sur le chemin ? Respirer l'air frais de la mer ? A-t-il voulu être seul pour prier sur la colline en regardant s'allumer la première étoile ?

Lorsque toutes ont empli le ciel, il n'était toujours pas revenu.

Les appels des hommes lancés à sa recherche, les as-tu entendus ? Les larmes de ta mère, comme ces recherches demeuraient vaines, en as-tu senti le sel sur tes joues ?

On a retrouvé ce que l'on a supposé être sa dépouille quelques jours plus tard dans un fossé.

Les hommes ont porté Hocine en terre. Ils ont prononcé les prières. Le lendemain, les femmes leur ont succédé au cimetière. Le deuil a duré quarante jours, à l'issue desquels s'est déroulée une dernière cérémonie. Désormais, si elle le souhaitait, Zohra était libre de reprendre un mari.

Elle a préféré, en accord avec Chérif, rentrer dans sa famille, où elle a retrouvé sa sœur cadette et ses quatre frères.

Tu avais cinq ans lorsque tu as surpris une conversation entre elle et la gaie Daloula devenue adolescente.

– Imagine que la porte s'ouvre, là, maintenant, et que ce soit Hocine. Que ferais-tu ? demandait celle-ci à ta mère.

– La plus belle fête du monde, a répondu « Petite Rose », les yeux et la voix illuminés.

Un petit garçon se retire dans l'ombre, la poitrine explosée. Si son père était vraiment mort, sa mère parlerait-elle ainsi ?

Dans ton cœur d'enfant, Malek, ces mots vont planter un irrépressible espoir. Tu n'accepteras la disparition de ton père que de nombreuses années plus tard.

Hier.

3

Quatre crayons de couleur

Malek a six ans. Pour grandir harmonieusement, il n'a pas manqué de pères de remplacement, à commencer par ses oncles maternels : Saleh, Ramdan et Moussa. Mais c'est la présence d'Amadi, son grand-père, si noble et fier, qu'il recherche le plus.

Amadi a deux épouses : Hadja, la mère de Zohra, et Djami. Celle-ci est nettement plus jeune que Hadja, son corps est resté mince bien qu'elle ait porté quatre filles, suivies de deux garçons, aussi est-ce elle qui règne sur le cœur du patriarche. Sans doute est-elle également plus gourmande de plaisir et plus experte à en dispenser.

Autorisée par le Coran à condition que les épouses soient traitées équitablement, la polygamie complique souvent les familles. Ainsi, Mahmoud, second fils de Djami, est-il le demi-oncle de Malek, bien qu'ayant le même âge. Par ailleurs, Rachid, quatrième fils de Hadja, toujours honorée par Amadi, a l'âge de Tayeb, son frère de quatre ans.

Tout ce petit monde se mélange allègrement dans la

grande cour sur laquelle s'ouvrent les trois maisons : celle d'Amadi et celles de ses épouses. Pour l'instant, l'entente règne. À peu près.

Cette cour, ornée d'un beau bassin et de multiples plantes, est également fréquentée par toutes sortes d'animaux dont on ne sait, pour la plupart, à qui ils appartiennent. L'un d'eux, un doux épagneul aux yeux dorés, a demandé humblement à Malek d'être son ami. Ils ne se quittent plus.

Malek l'a appelé Sindbad, comme le fameux marin, héros d'un conte de l'islam, que lui a souvent lu Saleh et qu'il parvient depuis peu à déchiffrer. Sindbad dort près de son lit, dans la chambre qu'il partage avec Tayeb.

Malek est tout heureux ! Dans quelques jours, il va rentrer à l'école primaire de Philippeville. À cette occasion, il est de tradition qu'Amadi offre à chaque écolier ses fournitures scolaires, et celui-ci ne manque jamais de demander aux uns et aux autres s'ils ont, en plus du nécessaire, un désir particulier qu'il s'efforcera de satisfaire en se rendant dans la meilleure boutique de la ville.

Pour cette rentrée, Malek rêve d'un étui transparent, contenant quatre stylos de couleurs différentes comme il en a vu entre les mains d'un grand cousin : un stylo vert comme le pin, un écarlate comme la fleur de roche, un bleu comme la mer et un noir parce que, même si elle lui plaît moins, cette couleur fait partie de la vie.

Son demi-oncle Mahmoud, qui entrera dans la

même classe que lui, a demandé une trousse et un cahier quadrillé.

Le jour de la distribution est arrivé. En cette fin d'après-midi où déjà s'annonce la nuit, Amadi a réuni les enfants dans la grande salle de sa demeure, éclairée par la lumière des lampes à pétrole.

Il trône dans le large fauteuil à accoudoirs de bois, admiré par les petits. Tour à tour, chacun s'approche et reçoit son cadeau des mains du patriarche. Ils sont nombreux et, pour Malek, la cérémonie semble durer une éternité.

Enfin, son nom est prononcé par son grand-père et, tandis que celui-ci lui remet l'étui tant convoité, sa poitrine se gonfle de bonheur et de fierté. À la pointe de ces stylos, il lui semble voir suspendus les mots qui lui ouvriront le monde. Sa mère Zohra, elle qui devine tout et sait si bien déchiffrer les regards, n'a jamais eu la chance de s'instruire. Un jour, Malek l'a décidé, il écrira pour elle de belles histoires comme celles qu'elle lui raconte de mémoire sans pouvoir les lui lire. Les stylos qu'il serre dans sa main en renferment la promesse.

Mais voilà que Mahmoud se lève. Il désigne la précieuse pochette et clame qu'il la veut ; son père doit la reprendre à Malek pour la lui donner.

Celui-ci lui fait remarquer que sa propre demande a été satisfaite avec la trousse et le cahier qu'il avait réclamés. Mahmoud crie qu'il s'est trompé : c'étaient les stylos qu'il voulait.

Le grand-père hésite. Mahmoud est le second fils qu'a tenu à lui donner la belle Djami après quatre filles. On assure qu'il lui ressemble. Et bien qu'il aime tendrement Malek, celui-ci n'est que son petit-fils, né de la semence de Hocine et non de la sienne.

– Père, je les veux, trépigne Mahmoud.

Le vieil homme cède à l'enfant de son sang.

Qu'a éprouvé Zohra en recevant sur sa poitrine son petit garçon, pleurant de douleur et de colère ? Elle ne le lui a jamais dit. Elle s'est contentée de mots tendres en le berçant contre son cœur.

Ce jour-là, Malek, une blessure s'est ouverte en toi : tu as découvert l'injustice venant d'un grand-père vénéré. Le beau rêve que tu avais formé autour d'un étui renfermant les couleurs du savoir s'est, pour un temps, perdu.

Tu ignores encore que les mauvais coups de la vie, s'ils sont surmontés, rendent plus forts et que ces stylos, à toi volés, traceront la route lumineuse qui te conduira à celui que tu es aujourd'hui.

4

Un oiseau sur un tableau noir

Toute la famille s'est rassemblée dans la cour pour assister au départ des écoliers : garçons en polo et pantalon court, filles en jupe et chemisette, des barrettes de couleur, parfois ornées de fleurs, dans les cheveux.

Tayeb, dont le tour viendra dans deux ans, s'accroche à la main de Malek, partagé entre l'inquiétude de voir s'en aller son grand-frère et le soulagement de rester, lui, à la maison.

Pour partager ses jeux, il aura l'oncle Rachid, son contemporain.

Né avec une jambe plus courte que l'autre, couvé par tous en raison de son infirmité, plus particulièrement par sa grande sœur Zohra, Rachid a été surnommé le « chouchou ». Il lui arrive d'en abuser. Mais sa gaieté, son humour, le lui font pardonner.

L'école n'est pas loin, aussi est-ce à pied que les enfants effectueront chaque jour le trajet. L'aîné des oncles, Saleh, à peine plus de vingt ans, les accompagnera. Ramdan et Moussa viendront les chercher. Au contraire de Zohra, eux savent lire et écrire.

La rieuse Daloula est accourue de chez ses parents pour assister au grand jour. Tandis qu'Amadi embrasse le front de chaque écolier et lui prodigue des paroles d'encouragement, elle prétend vouloir aller, elle aussi, apprendre et réclame d'être emmenée. Décidément, la « fille gâtée » en voudra toujours plus !

Le tour de Malek est venu de se présenter au grand-père. Il lui semble déceler dans le regard de ce dernier une tendresse particulière, mêlée de remords. Et lorsque la bouche de l'aïeul effleure son oreille, c'est le mot « pardon » qu'il veut entendre.

Comme chaque matin, des véhicules de toutes sortes cahotent vers le marché de Philippeville, chargés de paniers pleins d'œufs frais, de légumes et de fruits. L'écarlate de la tomate, le rose rugueux de la carotte, la blême pomme de terre, voisinent avec le velouté de la pêche, la clémentine, la figue mûre à point dont la lèvre s'entr'ouvre et, bien sûr, la triomphante fraise au creux de sa verte collerette.

À l'entrée de la ville, quelques voitures à moteur tentent, à grands coups de klaxon, de se frayer un chemin dans le joyeux charivari. Le triste braiment des ânes, le souffle exaspéré des chevaux, la frêle protestation d'un troupeau de chèvres, leur répondent.

Il arrivera parfois à Malek, tout fier, de revenir de l'école sur le dos d'un cheval barbe, la race de la région.

C'est un long bâtiment en préfabriqué comme il s'en est construit beaucoup ces derniers temps pour répondre à l'affluence de la population dans les villes. Devant la porte ouverte à deux battants, quelques somptueuses voitures déposent les enfants de riches propriétaires ou de hauts fonctionnaires arabes.

Dans la cour, les écoliers attendent leurs instituteurs, pour la plupart de jeunes Français venus de la métropole effectuer leur service militaire en Algérie.

Chaque classe compte une quarantaine d'enfants, sexes, âges et niveaux mêlés. C'est Jean-Pierre qui va se charger des « nouveaux ».

Cheveux blonds coupés « au bol », yeux azur, vêtu d'un pantalon kaki et d'une chemise à manches courtes de même couleur, souliers de cuir bien cirés que ne quitte pas Malek des yeux, il entraîne les écoliers le long des couloirs dans un clapotis de sandalettes.

Avec quelle impatience Malek a-t-il attendu ce moment ! Dans son cartable qu'il a fait et refait dix fois la veille, il imagine la pochette de crayons de couleur qui lui a été si injustement reprise. C'est dans celui de Mahmoud qu'elle se trouve. Et malgré les paroles apaisantes de Zohra, il ne peut s'empêcher de lui en vouloir.

Les voici dans leur classe. Bancs et tables de bois, piles de livres sur le bureau de l'instituteur au centre de l'estrade, et un fascinant tableau noir sur lequel sont inscrits deux mots à la craie blanche :

BONNE RENTRÉE

Jean-Pierre regarde les enfants prendre sagement place sur les bancs. Pour le tout jeune homme de dix-neuf ans qui découvre le Maghreb et se destine à l'enseignement, c'est également jour de rentrée. Et, face à ces visages bruns, à ces regards confiants en attente de savoir, il éprouve, comme ses élèves, une sorte de timidité.

– Eh bien, si nous commençions par faire connaissance ? propose-t-il lorsque tout le monde est installé.

Il montre les deux mots qu'il a inscrits tôt ce matin au tableau.

– Ceux d'entre vous qui savent lire, levez la main.

Des mains éparses se lèvent en même temps que leurs propriétaires lancent à voix haute : « Bonne rentrée ». Parmi eux, Malek et Mahmoud.

– Oui ! Bonne rentrée, confirme Jean-Pierre. À la fin de l'année, je veux que vous sachiez tous lire et écrire couramment, d'accord ?

Comme des « oui » enthousiastes fusent dans la classe, il sourit.

– Avant la distribution des livres, l'un d'entre vous a-t-il envie de dire quelque chose ? demande-t-il.

Le long des bancs, les enfants s'agitent, aucun n'osant répondre à l'invitation. Soudain un souffle emplit la poitrine de Malek, comme une urgence. Il se lève et, sous le regard étonné de Mahmoud, se dirige vers l'estrade. Il a chaud et son cœur bat très fort.

Jean-Pierre regarde s'approcher le petit garçon. Six ans tout au plus, des yeux sombres qui, à la fois, expriment une résolution et une prière.

– Comment t'appelles-tu ? l'interroge-t-il.

– Malek Chebel.

– Et tu as quelque chose à nous dire, Malek ?

Sans répondre, Malek va droit au tableau. Dans la boîte fixée à son rebord, il prend une craie neuve et, sous le « Bonne rentrée », il dessine un oiseau aux ailes déployées.

Des rires étouffés traversent la classe. Le regard du Français passe de l'élève à l'oiseau, étonné, admiratif. On dirait qu'il lui demande : « En es-tu vraiment l'auteur ? Comment as-tu fait ? »

– Bravo, Malek. Tu peux retourner à ta place.

Sa place de petit indigène, ni tout à fait Algérien, ni totalement Français.

À midi, une sonnerie a couru le long des couloirs et tous les enfants se sont retrouvés dans la cour pour déjeuner.

À l'ombre du préau, Malek a sorti du sac brodé à son intention par Zohra les deux galettes de blé, l'œuf dur, les sablés dorés et une branchette de précieuses dattes achetée au marché.

Regardant Mahmoud qui se régale du repas préparé pour lui par Djami, il s'aperçoit qu'il ne lui en veut plus.

Aucun crayon de couleur, même parmi les plus beaux, ne lui offrira jamais le regard lumineux du maître découvrant son dessin.

Et, cette lumière-là, nul ne pourra la lui reprendre.

5

La lame du circonciseur

Les femmes ont emmené les enfants sur la colline. Ils en ont rapporté des brassées de laurier-rose, du genêt d'Espagne, des bouquets de jasmin et de genévrier pour décorer la demeure d'Amadi.

Dans l'explosion du printemps, la grande fête de la circoncision se prépare.

Malek et Tayeb, Mahmoud et Hassan, en seront les héros. Ils accompliront, avec le geste rituel chez les musulmans, un premier pas vers l'adulte qu'ils deviendront.

Toute la famille participera à la cérémonie, hommes, femmes et enfants mêlés, avant de partager un repas de gala.

C'est aujourd'hui.

Dans la cour qu'emplit un parfum d'herbes, du mouton de la meilleure qualité, commandé à un éleveur réputé, mijote depuis des heures avec la tomate, la carotte et l'oignon, la coriandre et le cumin. Tandis que les femmes disposent sur les plats ouvragés les pâtisseries confectionnées depuis une semaine au secret des cuisines, la troupe des enfants tournicote autour d'elles.

Mais ce qu'attendent petits et grands avec le plus d'impatience, la boisson de fête dont tous raffolent, ce sont les nombreuses bouteilles de limonade entreposées dans la glace et dont ils imaginent déjà le verre embué dans leur main et la fraîcheur sucrée glissant le long de leur gosier.

Tôt ce matin, Zohra a préparé ses garçons. Après les ablutions, elle les a aidés à revêtir la tunique blanche, signe de pureté. Combien de fois Tayeb, tout tremblant, lui a-t-il demandé :

– Maman, est-ce que ça fera mal ?

Un sourire tendre lui a répondu.

– Arrête d'y penser. Pense plutôt à tous les beaux cadeaux que tu recevras après.

Et sa mère d'énumérer les nombreuses pièces de monnaie, les friandises, les livres d'images et les vêtements brodés qui lui seront offerts, ainsi qu'aux trois « élus » du jour.

Pour ne pas ajouter à celle de son frère, Malek a évité d'exprimer son inquiétude. Ceux qui ont subi l'opération ne se sont pas privés de lui en décrire la brûlure, qui, pour certains, a duré plusieurs jours. Pas de héros sans héroïsme, il s'est promis de ne pas pleurer.

Les premiers à prendre place dans la grande salle de la maison d'Amadi sont les femmes et les fillettes, revêtues de leurs plus belles robes. Les femmes s'installent sur les moelleux coussins, faits de laine de mouton récupérée après l'Aïd. Assises à leurs pieds sur les tapis, les petites admirent les ornements des murs entre les armoires de bois sculpté dont elles rêvent d'ouvrir les portes, tout comme leurs frères se disputent pour s'asseoir dans le fauteuil de leur vénéré grand-père.

À chacun son royaume.

Et voici qu'apparaissent les hommes, entourant les quatre petits garçons. Le Taleb à longue barbe grise, venu de la mosquée pour pratiquer le rituel, marche à côté d'Amadi, tous deux vêtus de blanc.

Sur une table recouverte d'une nappe immaculée, quatre œufs pondus du jour, durcis puis colorés, ont été déposés dans une coupelle. Le circonciseur y aligne avec soin différents linges, le flacon d'alcool qui servira à désinfecter le prépuce de l'enfant et la paire de ciseaux. Il arrive au vieil homme d'imaginer la petite bruine qu'il obtiendrait s'il avait recueilli toutes les larmes qui ont coulé depuis qu'il les manie.

Amadi a pris place dans son fauteuil. Autour de lui, les hommes commencent à frapper sur les deux faces de la derbouka, le tambour en forme de mortier, qui rythmera la cérémonie, tandis que, du côté des femmes, les premiers chants s'élèvent.

Le moment est venu.

Mahmoud est présenté le premier, accompagné par son grand frère, le gentil Hassan. Alors que ce dernier soulève sa tunique et que le Taleb passe l'alcool sur le pénis offert, le roulement des tambours s'amplifie. Un œuf est tendu à l'enfant, qu'il va lancer le plus haut possible vers le plafond, comme il s'y est exercé la veille. Le temps qu'il suive sa trajectoire des yeux, l'opération est pratiquée. Le chant des femmes a étouffé son cri.

C'est à présent au tour de Rachid, qui avance en boitillant, soutenu par son aîné Saleh. Il frissonne au contact de l'alcool et, déséquilibré, lance son œuf maladroitement avant de se retirer avec des sanglots.

Lorsque l'oncle Ramdan veut entraîner Tayeb, celui-ci tente de lui échapper. Peine perdue. Son ventre dénudé étonne par sa peau claire, c'est celle de Hocine. Et ce sont les yeux bleus de son père qui cherchent Zohra et l'appellent à l'aide. L'œuf est placé de force dans sa main, et comme il se refuse à le lancer, la voix de Zohra résonne plus fort, l'encourageant à la vaillance. À moins qu'elle ne lui demande pardon : le plus beau des présents ne saurait adoucir la souffrance de l'enfant que Ramdan doit soulever dans ses bras pour le ramener parmi les hommes.

Ton tour est venu, Malek.

À quoi penses-tu en te dirigeant, lèvres serrées, vers la table où le Taleb imprègne le tissu d'alcool ? Tu demandes aide à Sindbad, ton unique confident. Tu regardes le plafond de bois peint sur lequel tu aimes à prendre modèle pour tes dessins et projettes l'œuf le plus haut possible. La douleur est à la hauteur.

Mais, comme tu retournes à ta place au rythme des tambours et des chants, malgré la brûlure qui te plie en deux, tu te sens grandir.

Sous le regard des fillettes, partagées entre crainte et envie, les cadeaux ont été distribués aux petits princes d'un jour.

Aucune grande fête n'aura lieu pour celles-ci avant leur mariage et la naissance des enfants. Lorsqu'elles auront l'âge de se rendre au hammam, leurs mères, tout en enduisant leur corps de henné, mêlé au jus de citron qui ambre et adoucit la peau, leur apprendront comment l'on devient femme. La douleur, elles l'éprouveront lors de leurs règles et durant l'accouchement. Ainsi va la vie !

On a dégusté l'odorant ragoût de mouton et vidé de nombreuses bouteilles de limonade. On a fait honneur aux pâtisseries au goût de miel et de fleur d'oranger. Après avoir savouré le thé à la menthe, la tante Kaera, l'une des sœurs de Hocine, venue exprès d'Alger pour la cérémonie, a pris place dans le fauteuil d'Amadi et a convoqué les quatre circoncis.

Aimée et admirée de tous, Kaera a la peau blanche de celles qui vivent à l'ombre des patios. Ses yeux lavande rappellent, en plus clair, ceux du père de Malek. À ses poignets tintent d'innombrables bracelets qui mettent en valeur la beauté de ses mains que n'ont pas abîmé les travaux ménagers.

Lorsque les garçons ont été en demi-cercle devant elle, elle a tiré d'entre ses seins le porte-monnaie de fine résille d'or qu'elle y avait caché.

Elle en a sorti quatre pièces et en a offert une à chacun.

Malek s'étonne. La plus grosse pièce est pour lui. Est-ce parce qu'il n'a pas pleuré ? Ou peut-être parce qu'il est l'aîné de Hocine, le frère disparu de Kaera ?

Mais, avant qu'il ait eu le temps de se réjouir, celle-ci ordonne :

– Rendez-moi vos pièces, je me suis trompée.

Un murmure, traversé de quelques rires indulgents, court dans la famille rassemblée autour de la donatrice.

Ayant récupéré son bien, Kaera semble incertaine. Son regard va des pièces aux visages des petits garçons. Lorsqu'elle se décide à procéder à une nouvelle distribution, c'est Mahmoud qui, cette fois, se voit attribuer la petite fortune. Le cœur de Malek se serre : l'injustice dont il a été victime avec les crayons de couleur va-t-elle se renouveler ? Et cette fois de la part de la sœur de son père ?

Mais, après une cascade de soupirs et force ondulations de sa flamboyante chevelure, Kaera se ravise à nouveau.

– La plus grosse pièce était bien destinée à l'un d'entre vous, explique-t-elle avec un soupir, mais voilà que j'ai oublié lequel !

À la satisfaction générale, chacun en recevra une semblable.

– Normal, a conclu la malicieuse Daloula une fois la tante repartie dans sa belle voiture conduite par un chauffeur. Alger est loin, la famille vaste... À en perdre la tête.

Dans la chambre qu'il partage avec Tayeb, Malek ne parvient pas à s'endormir. Ce n'est pas cette histoire de pièces qui le taraude ; pas une seconde, il ne songerait à en vouloir à sa tante. Ce n'est pas non plus la douleur qu'il éprouve en bas de son ventre. Ce qui le tient éveillé, c'est la sensation de froid qu'il a éprouvée au plus vif de son être lorsque les ciseaux ont taillé dans sa peau. Ce froid, il le sent à présent dans sa tête et il a l'éclat d'un premier souvenir qui n'appartient qu'à lui.

Ta mémoire, Malek, s'est mise en marche ce jour-là. Comme si la lame du circonciseur avait coupé l'un des liens qui retenaient encore l'oiseau aux ailes déployées, dessiné sur le tableau noir du savoir.

6

Adieu l'instituteur

C'est la deuxième année d'école de Malek. Il sait à présent lire et écrire couramment. Compter l'intéresse moins, l'histoire le passionne.

Celle de son pays se joue sous ses yeux.

Qu'est-ce que la guerre lorsqu'on a huit ans ?

Ce sont des jours où il est dangereux d'aller à l'école dont les portes restent fermées. Des mots inscrits sur les murs de la ville : FLN, OAS. Des bruits d'explosion qui donnent envie de se cacher sous son lit.

À la maison, ce sont des conversations qui s'interrompent à l'approche des enfants, le poste de radio sur lequel se penchent les oncles, le front barré de rides. Des mots qui font peur, attrapés ici et là : attentats, torture, exécutions.

C'est Amadi qui sort moins souvent sa belle Peugeot noire et, au lieu de s'en montrer fier, semble désormais en être gêné.

La guerre, c'est aussi ces Français qui fuient les uns après les autres en abandonnant toutes leurs possessions et dont certains pleurent en protestant qu'ils sont nés ici et n'ont pas connu d'autre pays que l'Algérie. Ceux qu'on appelle des « pieds-noirs » en souvenir des premiers colons qui s'en revenaient de leur journée de travail dans la boue et les marécages, souillés jusqu'aux genoux. Oui ! Honneur aux pieds-noirs !

Du côté des femmes, c'est le rire moins éclatant de Daloula, les yeux inquiets des mères.

– Chut ! répondent-elles lorsque les petits les interrogent sur les « événements ».

– Arrêtez, ordonnent-elles quand ils jouent à « la résistance » dans la cour.

Les femmes n'aiment pas la guerre où s'entretuent des frères, périssent les fiancés et les époux et où il arrive que la mort vienne avant l'heure emporter leurs enfants.

Elle s'arrête à la porte de leurs appartements.

Là se livrent des combats d'autre nature. Les drapeaux en sont les parfums, l'aiguillon, le désir, l'enjeu plus ou moins innocent : les garçons.

Cajolés par leurs jeunes tantes ou cousines qui voient en eux une fenêtre entr'ouverte sur les mystérieuses extases de l'amour, suivis de regards langoureux, embrassés à la dérobée, ils se prêtent d'autant plus volontiers au jeu que personne ne trouve à y redire.

Entre la maison de Hadja et celle de Djami circulent de tendres messages dont Malek est tantôt le porteur, tantôt le destinataire.

Ainsi découvrira-t-il les délicieuses eaux troubles de la sensualité et, devenu homme, s'interdira-t-il de considérer le plaisir comme un fruit défendu. La chair, l'amour, les femmes, ne sont-ils pas chantés par le Prophète lui-même ?

En attendant, en ce début de printemps 1962, il semble que l'Histoire s'accélère. À l'école, Jean-Pierre, le visage tiré par l'angoisse, a lu à ses élèves un article paru dans un journal français, signé par une centaine d'artistes dont un grand nombre d'écrivains. On y parlait du peuple algérien, du respect qui lui était dû, du refus justifié de certains de prendre les armes contre lui.

Les écoliers n'ont pas compris tous les mots contenus dans l'article, mais l'émotion qui faisait trembler la voix de leur instituteur leur en a laissé deviner la gravité. Et lorsque Jean-Pierre a replié la coupure de journal et l'a cachée dans sa poche, Malek a senti qu'il venait à la fois de leur livrer le vif de son cœur et de leur dire adieu.

Une semaine plus tard, l'école a fermé.

Et, en ce 5 juillet où l'indépendance de l'Algérie est proclamée, dans tout le pays la foule chante et danse.

Chez Amadi, Zohra s'est faite belle pour accueillir son époux. Elle n'a jamais perdu espoir de le voir revenir. Nul ne l'a reconnu formellement dans la dépouille découverte au fond d'un fossé et enterrée dans le cimetière de la ville. Des bruits ont couru, le disant résistant, se battant aux côtés des forces de libération. Sans doute a-t-il dû se cacher ? Peut-être a-t-il été fait prisonnier ?

Et si l'indépendance le lui rendait ?

Elle l'a attendu en vain chez son père, puis dans la maison de Chérif. À présent, au bras de Daloula qui s'efforce de tempérer l'enthousiasme de sa cousine, elle parcourt les rues de la ville, cherchant parmi les visages celui de son Hocine.

Bien sûr, elle ne le reconnaîtra pas tout de suite. Cinq années ont passé, ses cheveux auront blanchi, il aura maigri et peut-être portera-t-il des stigmates de blessures. Mais ce qu'elle est certaine de reconnaître, ce sont ses yeux bleus et la tendresse qui les emplira lorsqu'ils se poseront sur elle et ses garçons.

Malek ne parvient pas à participer tout à fait à la joie générale.

Où est Jean-Pierre ?

Discrètement, il quitte la fête et prend le chemin de l'école.

La porte est entr'ouverte. Il se glisse dans la cour déserte où, avec cousins et amis, après avoir savouré le repas préparé par sa mère, il se livrait à toutes sortes de jeux dont celui de la guerre, où les résistants gagnaient toujours.

Ils ont gagné.

À présent, il longe les couloirs où ses sandalettes soulèvent de légers flocons de poussière. Le voici dans sa classe. Un jour lointain de rentrée, deux mots étaient écrits sur le tableau noir, qu'il n'avait pas su déchiffrer. Ceux qui les ont remplacés, il les lit sans difficulté.

« OAS : DANGER »

– Qui es-tu ? lui avait demandé le regard intrigué de Jean-Pierre le jour de la rentrée.

Algérien.

Malek efface l'inscription et, à la place, trace son propre nom.

7

Le chevalier blanc

Jean-Pierre n'est pas revenu. Les portes de l'école n'ouvrent plus que par intermittence. Différents enseignants s'y succèdent, pour la plupart arabes. Les programmes sont mal définis.

Qu'importe à Malek ? Son premier instituteur lui a ouvert pour toujours le royaume enchanté de la lecture.

Étendu sur une peau de mouton séchée et tannée, récupérée après l'Aïd, il voyage dans les contes des frères Grimm, ses auteurs préférés.

Les contes ? Ceux du Coran et de l'islam ont bercé l'enfance de tous les petits, répétés à l'envi par des adultes ayant eux-mêmes grandi à leur lumière. Ah, Tonton Omar et son coffre au trésor ! Sindbad le Marin, nom dont il a lui-même baptisé son doux épagneul. Histoires pleines d'aventures dont la leçon ne varie pas : « Tout est possible à celui qui le veut vraiment. »

Si Malek préfère les contes des frères Grimm, c'est que les héros en sont des enfants. Des « frères » en proie à l'injustice, à la solitude, parfois au rejet.

À leur lecture, il devient Tom Pouce, sauvé par un père qu'il avait perdu.

Il est Jean de Fer, remportant les diverses épreuves qui le débarrasseront de l'homme sauvage qu'il est devenu.

Le Vaillant Petit Tailleur cousant lui-même sa destinée.

Il lui arrive d'en lire un à sa mère, et ses yeux brillants sont sa plus belle récompense. Ne mérite-t-il pas alors le nom qu'elle a choisi pour lui ? Malek, « seigneur ».

Lorsque l'école reste fermée trop longtemps, les oncles se font précepteurs. Et, cet après-midi d'hiver, c'est Ramdan qui a réuni les enfants pour une dictée.

– Celui qui fera le moins de fautes aura droit à une surprise, annonce-t-il avant de débuter.

Tandis que Malek aligne les mots sur la page blanche de son cahier, il lui semble en caresser la musique du bout de son stylo. Lorsqu'il bute sur l'un d'eux, il ferme les yeux et l'imagine. Parfois, cela suffit.

– Point final ! déclare Ramdan.

Déjà ?

L'oncle a pris son temps pour corriger les copies. Divers membres de la famille sont venus lire par-dessus son épaule. Il y a des rires. Certains enfants bâillent. Ils ont hâte de retourner jouer. L'impatience fait exploser la poitrine de Malek.

Enfin voici venu le moment du verdict. Ramdan proclame les résultats d'un ton solennel : Malek est le lauréat.

Il le félicite d'abondance en lui rendant sa copie.

– Et ma surprise ? réclame Malek.

L'oncle sourit malicieusement.

– Mais tu viens de la recevoir. C'est d'avoir été le meilleur.

Le seigneur ?

C'est un mot noir, un mot empoisonné qui tourne autour d'Amadi, assombrissant son front : le soupçon.

Pour être resté si riche pendant la guerre, n'a-t-il pas fallu pactiser avec l'adversaire ?

Avant l'indépendance, c'étaient les Français qui le soupçonnaient d'aider la résistance. Aujourd'hui, ce sont les siens qui l'accusent d'avoir servi l'ennemi.

Une à une, ses terres lui sont confisquées. Il a également perdu toute fonction officielle. La belle Peugeot noire ne sort pratiquement plus de la cour : surtout ne pas attiser les jalousies.

À la maison, où l'atmosphère est à nouveau à l'inquiétude, les adultes ont recommencé à parler à voix basse. Zohra semble tourmentée. Même Daloula prend garde à son rire.

Malek voudrait tant pouvoir rendre son sourire à sa mère.

Mais de quelle façon lorsqu'on n'a pas, contrairement à Tom Pouce, un père pour vous aider ?

C'est une belle matinée de printemps. Soudain, un cri s'élève : « IL VIENT. »

De terrasse en terrasse, de ruelle en ruelle, d'échoppe en café, le cri enfle, jetant la population dans la rue : « Il vient ! Il vient ! »

Le Chevalier Blanc, Omar Chebel, l'un des principaux chefs de la région, grand résistant et lointain cousin de Hocine.

Des hordes d'enfants grimpent sur la colline d'où l'homme vêtu de blanc, sur un cheval de même couleur, contemple la ville où il est né.

Qui ne connaît ses hauts faits d'armes ? Qui oubliera jamais le défi lancé par lui, durant les années de terreur, à Aussaresses, le traître qui avait vendu son âme à l'OAS.

« Si tu n'es pas un lâche, au lieu de tuer tes frères en leur envoyant tes escadrons de la mort, retrouvons-nous sur la place de Philippeville et réglons les choses entre chefs. »

Aussaresses le lâche ne s'était pas présenté.

Tandis que le Chevalier Blanc descend au pas tranquille de sa monture, escorté par les enfants, la foule l'acclame. Parmi celle-ci, Chérif venu accueillir son parent et Amadi qui se tient discrètement à l'écart.

Et voici qu'Omar Chebel l'appelle. Lorsque celui-ci l'a rejoint, il descend de sa monture et lui donne l'accolade avant de s'adresser à ses concitoyens.

– Je suis venu rétablir la vérité.

Amadi n'a pas démérité. Il a servi la résistance et, comme Chérif, donné un de ses fils au pays. Omar ne veut plus entendre les bruits indignes qui salissent son nom.

Amadi redresse la tête. Fierté lui est rendue.

Entre bonheur et chagrin, le cœur de Malek se fend.

Lui, n'avait jamais douté de son grand-père. Mais il vient de comprendre que son père ne reviendra pas.

8

Un pantalon de grand

L'hommage rendu par le Chevalier Blanc n'a pas amélioré le sort d'Amadi.

La plupart de ses terres lui ayant été confisquées, il a dû se séparer de nombreux ouvriers agricoles, dont certains l'accompagnaient depuis des années, et leur désarroi a déchiré son cœur.

Deux épouses, une quantité d'enfants et de petits-enfants, c'est cette fois le personnel de maison qu'il a dû remercier, ce qui n'est pas allé sans pleurs.

Une forte tension règne entre Hadja et Djami. L'orage couve. Il éclate ce matin-là dans la cour où les deux femmes s'affrontent sous le regard horrifié des enfants.

Hadja reproche à grands cris à Djami de tout faire pour éloigner d'elle Amadi son époux. Sûre de son pouvoir sur celui-ci, Djami le prend de haut, accusant, elle, Hadja d'être envahissante et source de trop de dépenses. Sans Zohra, qui, avec l'aide de ses frères, ramène de force sa mère à la maison, peut-être les deux femmes en viendraient-elles aux mains.

Par la porte entrebâillée de la cuisine, Malek entend Zohra expliquer à Hadja, d'une voix lasse qu'il ne lui connaissait pas, que les temps sont durs pour Amadi. Dans l'intérêt de la famille, elle doit cesser de l'accabler de demandes, se montrer plus discrète, éviter les disputes avec Djami.

Et Malek, qui n'y avait jamais songé jusque-là, compare le visage fripé et le corps épais de sa grand-mère avec ceux de la belle et jeune Djami. Pour la première fois, il s'interroge sur la polygamie. Deux épouses, est-ce vraiment juste ?

Son grand-père Chérif n'a-t-il pas choisi, lui, de n'en avoir qu'une seule, Habiba, ce qui lui vaut une maison plus calme, une famille plus harmonieuse. Habiba devant laquelle tous les enfants se rassemblent pour admirer, bouche bée, les magnifiques yeux bleus qu'elle a transmis à Hocine et à Tayeb.

Si Hocine était encore de ce monde, ils auraient une maison à eux.

Cette nuit-là, Tayeb a réveillé Malek.

– Pourquoi maman pleure ? Tu entends ?

Derrière la porte fermée de Zohra, on dirait des sanglots.

– Qu'est-ce qu'elle a ?

– Rien. Rendors-toi.

Bien qu'il ait dépassé l'âge de raison, Tayeb est toujours aussi craintif, il faut sans cesse le rassurer.

C'est parfois pesant, mais cela donne aussi lieu, comme l'autre soir, à une franche hilarité.

Les cris qu'il poussait avaient attiré toute la famille près de son lit. Tayeb venait d'y découvrir une grosse araignée et suppliait qu'on l'en débarrasse. Mais pas une personne de la maison ne se serait permis de toucher une patte de la fileuse.

Adultes comme enfants, tous connaissaient par cœur la belle histoire d'Ankâbut, la fameuse araignée géante qui sauva le prophète Mohammed des ennemis qui le poursuivaient, en tissant une toile gigantesque à l'entrée de la grotte où il s'était réfugié. Depuis, tout bon musulman respecte un animal aussi dévoué à l'islam.

C'est bientôt l'anniversaire de Malek : onze ans. Il rêve d'un pantalon long, aussi l'a-t-il demandé à sa mère comme cadeau. Elle a ri :

– Mais tu es bien trop jeune ! À ton âge, les garçons portent encore la culotte courte. Regarde tes cousins.

À contre-cœur, car c'est une tête de mule, Malek a fini par se résigner. Et voilà que, du jour au lendemain, sa mère cède. Excellente couturière, elle le lui confectionnera elle-même.

Ils sont allés ensemble au marché choisir le tissu : un lainage légèrement chiné. Puis Petite Rose s'est mise au travail.

Écoutant le tic-tac régulier de la machine à coudre, Malek éprouve une sourde angoisse. On dirait le bruit d'un métronome qui martèlerait le temps. Et lorsque le pantalon est terminé, il n'éprouve pas la joie escomptée.

Sent-il obscurément qu'il s'agit d'un cadeau de séparation ?

En effet, Zohra la fière, pour éviter les scènes et soulager le porte-monnaie d'Amadi, a décidé de placer ses garçons. L'oncle Saleh les a inscrits dans le « centre de regroupement » qui se trouve en bord de mer, à un dizaine de kilomètres de Philippeville, récemment rebaptisée Skikda ; deux bouches de moins à nourrir.

Elle a averti ses fils avec d'infinies précautions. Le centre n'est pas au bout du monde... ils reviendront régulièrement à la maison...

L'angoisse de Tayeb, ses protestations, en ont rappelé d'autres à Malek : « Est-ce que ça fera mal, maman ? » Oui, cela fera mal ! Bien plus que les ciseaux du circonciseur, et beaucoup plus longtemps ; une brûlure à l'âme.

Malek n'a pu s'empêcher de penser une fois de plus : « Ce n'est pas juste. » La disparition de son père, la ruine d'Amadi, la guerre entre les femmes.

Le jour du départ est venu. Zohra tente de cacher ses yeux rougis. Daloula se tient à ses côtés, mais, cette fois, la « fille gâtée » ne prétend pas vouloir suivre les garçons.

Ils ont été vêtus comme pour une sortie. Lorsque Zohra lui a tendu son beau pantalon neuf, Malek n'a plus eu envie de le porter : il avait pris la couleur du chagrin.

Flairant le départ, Sindbad tournicote autour des deux garçons en gémissant, et quand Malek glisse ses livres préférés dans son sac, l'épagneul y pose la patte : « Emmène-moi. »

La famille s'est rassemblée dans la cour pour les adieux. Djami la seconde épouse a préféré ne pas se montrer. Malgré les recommandations de Zohra, Hadja pleure à grand bruit.

D'une démarche lourde, Amadi s'approche de ses

petits-fils et appuie ses lèvres sur leur front. Cette fois, il détourne son regard de celui de Malek.

L'oncle Saleh est déjà au volant de la belle voiture d'Amadi. Il faut bien se résoudre à y monter. Lorsque Tayeb appelle « Maman, Maman », on entend des sanglots. Une dernière fois, Zohra presse son petit contre sa poitrine :

– On se reverra bientôt, c'est promis.

À son grand, elle chuchote en l'embrassant :

– Je te le confie.

Et voilà que Mahmoud se précipite vers Malek. Il l'arrête, le regarde dans les yeux et lui fait l'accolade. Pas besoin de paroles. C'est comme ça, l'amitié : elle fleurit parfois sur le malheur. Désormais, entre le petit-fils d'Amadi et son demi-oncle, elle ne se démentira jamais.

La Peugeot noire roule lentement le long de la plage de sable blanc où Zohra, dix années auparavant, avait laissé l'empreinte de ses doigts écartés afin de porter chance à l'enfant à naître qui se prénommerait Malek : seigneur.

On dirait que l'automne mord déjà sur l'été. Une brise câline éparpille des parfums sucrés. C'est la saison de la figue, du brugnon et de la mûre parfumée que l'on arrache aux buissons pour en faire des compotes qui bleuissent les dents.

– Dis, maman, c'est quand « bientôt » ? répète Tayeb entre deux sanglots.

L'oncle Saleh ne dit rien. Ses épaules ployées parlent pour lui.

Un mot cogne douloureusement à la mémoire de Malek.

« Placés. »

« Tu peux retourner à ta place », avait dit Jean-Pierre après qu'il eut dessiné son oiseau.

Sa place de petit indigène.

Devenu Algérien à part entière, le voilà « placé » à Jeanne-d'Arc.

Ainsi s'appelle le centre où Tayeb et lui s'apprêtent à entrer.

Deux catégories d'enfants y sont hébergés, tous blessés de la vie. Dans la première, envoyés par la justice, les petits délinquants.

La seconde, celle où l'injustice a conduit Malek et Tayeb, est réservée aux orphelins.

9

Le Boiteux

Tu regardes la photo que tu as dérobée à ta mère et glissée dans le sac brodé qu'elle t'avait offert le jour de la circoncision.

Le bel homme aux yeux bleus éclatants de bonheur, c'est Hocine. La femme épanouie qui lui sourit, Zohra.

C'est la nuit. À ton côté, Tayeb dort d'un sommeil agité, serrant contre ses lèvres son chamelou râpé.

Chez Amadi, vous partagiez la même chambre. Dans l'immense dortoir du centre, vous êtes deux cents garçons, dont certains relèveraient plutôt de la maison de correction, ce qui ne les empêche pas de mouiller leur oreiller en murmurant « maman » comme les autres.

C'est là, perdu au fond de la solitude, parfois du désespoir, que va se creuser en ton cœur la blessure d'enfance qui jamais ne se referme tout à fait. Certains transforment cette blessure en violence contre eux-mêmes ou contre les autres. Tu sauras en tirer la lumière qui guidera tes pas.

Pour l'instant, afin de donner un peu d'air à ta douleur, chaque nuit, une fois tes camarades d'infortune endormis – et pour certains ce n'est pas avant l'aube –, tu te glisses hors de ton lit et vas ouvrir l'une des fenêtres du dortoir afin d'écouter, tout près, la respiration de la mer. La mère.

À Jeanne-d'Arc, pas d'armoire où ranger ses affaires. C'est sous les lits que les sacs sont glissés. Avec le risque que durant la journée des mains étrangères les fouillent dans l'espoir d'y trouver une pièce de monnaie ou un objet caché qui pourront être échangés contre de précieuses cigarettes ou des sucreries rapportées par ceux qui ont le privilège d'échapper parfois aux murs gris du centre.

Quelques caïds, parmi les plus âgés, imposent leur loi aux plus jeunes. Toutes les corvées leur sont réservées et malheur à celui qui tenterait de s'y soustraire. Il risque de se retrouver le visage balafré ou, lors de promenades, d'être poussé du haut de la colline qui domine la plage et de se relever meurtri et écorché par la pierraille et les buissons d'épineux.

Le directeur du centre, Seddick el Mouradia, est un homme caractériel dont les colères sont redoutées. Il n'hésite pas à frapper la « mauvaise graine », ce qui lui a valu le surnom de « Sadique ». Il mène à la baguette une poignée de surveillants. À peine plus âgés que certains pensionnaires, ceux-ci sont également terrorisés.

Au moins, à Jeanne-d'Arc, on échappe à la faim. La nourriture est suffisante, composée essentiellement de soupes de légumes et de fruits frais. S'y ajoutent parfois un morceau de viande ou un gâteau. Mais la meilleure viande, les plus savoureuses pâtisseries, Malek les donnerait pour une bouteille de limonade fraîche bue avec sa famille.

– Je te le confie, a glissé Zohra à son oreille, en poussant vers lui son petit frère en larmes, le jour cruel de la séparation.

Protéger Tayeb est devenu sa principale préoccupation. Surtout la nuit lorsque les loups rôdent autour des lits, cherchant de jeunes proies. On parle de viols. Rares sont ceux qui oseraient dénoncer leur bourreau, de peur de représailles.

Jusque-là, vous avez été épargnés. Tu crois en avoir deviné la raison : l'école.

Vous n'êtes que quelques-uns à y aller. Est-ce le respect du « savoir » qui tisse autour de vous comme un invisible filet de protection ?

Le long bâtiment en préfabriqué se trouve, comme le centre, en bord de plage. Chaque matin, vous vous y rendez à pied en longeant la mer. Le directeur est un Français que la passion de l'enseignement et l'amour de l'Algérie ont conduit à rester contre vents et marées. Il vit dans une petite maison tout près de son école.

On l'a surnommé El-Ayeb, le « Boiteux », à cause d'une jambe autrefois accidentée qui lui donne une drôle de démarche dont nul ne songerait à se moquer, car il est aimé et respecté.

L'unique classe reçoit une quarantaine d'élèves, et Malek, qui prépare son entrée à la « grande école », est l'un des plus âgés et des plus instruits.

El-Ayeb a vite remarqué le jeune garçon qui veille comme une mère poule sur son petit frère. L'instituteur connaît la dureté de la vie au centre. Pour les « orphelins Chebel », il saura faire de son école un lieu de paix et d'espérance.

Afin de donner à Malek toutes ses chances de passer en sixième, le Boiteux n'hésite pas à le garder en dehors des heures de classe.

C'est ainsi que ce matin-là d'hiver, un jeudi, jour de congé, il a eu droit à quelques heures de cours particulier.

Une voiture doit venir le chercher à midi pour qu'il puisse participer à une excursion destinée aux pensionnaires « méritants ». Midi a sonné depuis longtemps. Devant la porte de l'école fermée, Malek grelotte sous un vent glacé mêlé de pluie.

« Ciel, arrête ton déluge. Mer, retire-toi », ordonne, dans le conte, Sindbad, le marin chevronné, aux éléments.

À cet instant où le ciel et la mer semblaient s'unir pour t'écraser, tu as bien failli, petit garçon de onze ans, t'abandonner au désespoir.

Mais voici que, de la fenêtre de sa maison, El-Ayeb t'a vu. Voilà qu'il boitille le plus vite possible jusqu'à toi. Il entoure tes épaules de son bras, t'entraîne chez lui, te fait asseoir près de la cheminée où crépite un feu, t'enveloppe dans une couverture, t'offre un bol de lait chaud mêlé de miel.

C'est le Français qui pratique à cet instant la *zakat*, l'aumône, l'un des cinq piliers de la foi musulmane, enseignée par Mohammed, en te témoignant l'esprit de fraternité.

« Dis, maman, c'est quand "bientôt" ? »

Dans la belle voiture d'Amadi, l'oncle Saleh viendra rechercher Malek et Tayeb pour l'Aïd. Il reviendra au printemps, à l'occasion du mariage d'une jeune tante et, plus tard, pour le baptême d'un enfant.

Tayeb ne se privera pas de raconter ses malheurs à Zohra. Pour ne pas peiner davantage sa mère, c'est à Sindbad que Malek se confiera. Sa fierté le mènera à soutenir sans broncher le regard de remords d'Amadi. Il passera beaucoup de temps avec Mahmoud, tentera de rire avec Daloula, se gorgera de limonade.

Tant de tendresse, de caresses et de baisers, rendront chaque retour plus douloureux.

« Dis, le bonheur, c'est quand "bientôt" ? »

10

Le Sadique

Voici presque deux ans que le juge a envoyé Soltan au centre, à la suite de chapardages avec violence.

Il a treize ans. La guerre lui a pris son père, sa mère vit à Constantine et n'a pas les moyens de s'offrir le long trajet pour lui rendre visite. Les murs gris de l'établissement sont devenus son seul horizon. Seddick en a fait son souffre-douleur.

Avec une petite bande d'autres désespérés, l'adolescent s'amuse à terroriser les plus faibles, les menaçant du pire au cas où ils oseraient se plaindre.

Sur les recommandations de Malek, Tayeb se tient à distance. Soltan s'est contenté, jusque-là, de fouiller régulièrement leurs affaires sans chercher à s'en cacher. Le jour où Malek a retrouvé la photo de ses parents sortie du sac brodé et posée sur sa couverture, il s'est étonné qu'elle soit intacte. Soltan est réputé pour salir ou détruire ce qui lui déplaît : l'amour, par exemple. Là, il s'est contenté de le nier en retournant la photo à l'envers.

Lorsque Malek monte sur la terrasse pour lire dans

le murmure de la mer, à demi étendu sur le ciment chauffé par le soleil, il lui arrive de voir rôder Soltan autour de lui. Ils ne s'adressent pas la parole. Si Soltan s'approche trop près, les deux garçons se contentent de se mesurer du regard.

Au centre, on fait sa lessive soi-même, au savon noir et à la brosse, dans de grands éviers de grès. Cette tâche ne déplaît pas à Malek qui prend aussi en charge le linge de son petit frère. Zohra lui en serait reconnaissante.

Lorsqu'il lave son beau pantalon, qu'il ne revêt que lors de rares sorties, il se souvient du jour où ils sont allés ensemble en choisir le tissu. Il entend le tic-tac de la machine à coudre, il sent les mains de sa mère sur lui lors des essayages et, là, il a du mal à résister aux larmes.

Pour le repasser, il l'étend sous son matelas.

L'année scolaire se termine. Les examens sont pour bientôt et les révisions vont bon train. Malek réussira-t-il son passage en sixième ? El-Ayeb est satisfait de son élève.

Ce matin-là, Malek a mis sa lessive à sécher sur les fils de fer de la terrasse. Alors qu'il vient la récupérer après le déjeuner, il s'aperçoit que son pantalon a disparu.

La colère explose en lui. Il n'a aucun doute sur l'identité du voleur : Soltan. Le regard de dédain du petit caïd sur son vêtement ne lui a pas échappé. Dédain qui trahissait l'envie.

Et, le soir même, confirmation lui est donnée lorsque Soltan apparaît au réfectoire, portant son pantalon, ne se privant pas de parader, déclenchant, avec les jambes un peu trop courtes de celui-ci, des rires serviles.

Tayeb s'est emparé de la main de Malek, qu'il serre de toutes ses forces pour l'empêcher d'affronter le vaurien. S'il ne craignait une vengeance sur son petit frère et ne souhaitait se présenter en bon état à ses examens de fin d'année, Malek n'hésiterait pas, quoi qu'il puisse lui en coûter, à exiger son bien. Il retient sa fureur : Soltan ne perd rien pour attendre.

Et ces examens, il les a réussis brillamment. C'est ce qu'en cette fin de juin lui annonce le Boiteux devant toute la classe. Si brillamment que le journal local cite son nom dans ses colonnes. On ne saurait dire qui est le plus heureux, du maître ou de l'élève.

Longeant la plage qui le ramène au centre, c'est d'abord à sa mère que Malek pense. Il voit ses yeux briller. Il sent ses baisers sur ses joues. Si elle pleure, ce sera de joie.

Évoquant Amadi, il se souvient du Chevalier Blanc dont il porte le nom. Omar Chebel a rendu sa fierté à son grand-père. Cette fierté, Malek, lui aussi exclu, l'a regagnée tout seul.

« La plus belle récompense est d'avoir été le meilleur », lui avait dit l'oncle Ramdan. Elle lui donne des ailes. À présent, il court. Le voici arrivé.

Derrière les murs du centre, un drame l'attend.

Pensionnaires et surveillants ont été rassemblés au refectoire par le directeur fou de rage. Les photos qu'il avait développées et mises à sécher dans son labo, photos de sa bien-aimée, ont été lacérées. Pas une n'est restée intacte. Il veut le coupable.

Un à un, les enfants défilent devant lui et déclinent leur nom.

– Si c'est toi, dis-le, hurle le Sadique.

Le « non » épouvanté du garçon est récompensé par une paire de gifles retentissantes. On entend des pleurs. Les surveillants eux-mêmes n'en mènent pas large. Et si leur tour venait ?

Malek et Tayeb se sont glissés dans la file. L'auteur du forfait, Malek le connaît. Ce matin, alors qu'il se préparait à partir pour l'école, il a vu Soltan se glisser hors de l'appartement du directeur qui lui avait, la veille, infligé une humiliation de plus. De trop ? Ils se sont croisés sans rien se dire.

– Si le coupable est trouvé, que lui arrivera-t-il ? demande Malek au pensionnaire qui le précède.

– Le mitard. Et pour longtemps.

Un réduit sans lumière, la privation de nourriture, les coups.

C'est leur tour. Tayeb tremble de tous ses membres. Malek le place derrière lui.

Le directeur braque ses yeux sur l'écolier et, sans lui laisser le temps de parler, l'apostrophe.

– Alors, monsieur a son nom dans le journal ? Il paraît qu'il va entrer au lycée ? Tu nous fais honneur à tous. Tu es dispensé de répondre.

Cette clémence inattendue cloue le bec de Malek qui cherche ses mots. Les tyrans aiment, à l'occasion, montrer qu'ils ont un cœur.

– Tu mérites une récompense. As-tu quelque chose à me demander ? poursuit le directeur.

– J'ai deux choses, répond Malek, cette fois sans hésiter.

Un murmure d'effroi court dans le refectoire : comment ose-t-il ? Cette fois, c'est sûr, il va être châtié.

Mais non ! Le Sadique se prend au jeu.

– Eh bien, je t'écoute.

– Ce n'est pas Tayeb le fautif. Il ne mérite pas les gifles.

– Accordé, concède le directeur. Et l'autre chose ?

Lorsque Malek se retourne et désigne Soltan, toutes les respirations se suspendent. Va-t-il le dénoncer ?

Soltan crâne. Le regard de Seddick a retrouvé sa dureté.

– Je lui ai prêté mon pantalon, je voudrais qu'il me le rende, déclare Malek.

– Ici ! hurle le directeur.

Sans hâte, Soltan s'avance et, devant tous, retire le pantalon et le tend à Malek. Et voici que, dans la triste salle, un rire court. Non pas, comme si souvent, ironique et méchant, un rire qui fait du bien, qui desserre les ventres et les poings ; pas si loin des larmes.

Le regard impitoyable du directeur s'est posé sur son souffre-douleur, près duquel Malek est resté.

– Rien d'autre à me dire ?

– Rien d'autre, répondent les deux garçons d'une même voix.

Il semble que Seddick hésite. Il semble que la générosité dont il a fait preuve envers Malek l'ait piégé. Peut-il se déjuger en mettant sa parole en doute ?

Soltan en sera quitte pour la paire de gifles. Le coupable de la lacération des photos ne sera jamais retrouvé.

Malek lisait sur la terrasse lorsque Soltan s'est planté en face de lui. Il n'a pas dit « merci », il lui a demandé d'une voix brusque s'il accepterait d'écrire de sa part une lettre à sa mère. Voilà presque deux ans qu'ils ne se sont pas vus. Peut-être que ça lui ferait plaisir de savoir qu'il va bien.

– D'accord, a répondu Malek.

Ensuite, Soltan a montré le livre ouvert.

– Et tu pourras m'apprendre à lire ?

– En même temps qu'à écrire : l'un ne va pas sans l'autre.

Soltan a grimacé. On aurait presque dit un sourire.

L'un n'est plus allé sans l'autre.

Aujourd'hui, ça dure encore.

11

Mort d'un ami

Une grande fête attend les fils de Petite Rose à leur retour du centre. Le héros en est Malek : le premier Chebel à entrer au lycée.

Certes, ses oncles Saleh, Moussa, Ramdan, sont instruits, mais aucun n'a eu la possibilité de faire des études et c'est sur le tas, par leur intelligence, leur énergie, qu'ils sont devenus de bons professionnels. Tous les trois travaillent dans le bâtiment, domaine en pleine expansion, et gagnent bien leur vie.

Le journal dans lequel on a parlé des succès de Malek a été acheté en plusieurs exemplaires. Zohra s'est fait lire plus de dix fois ce que l'on y disait de son fils afin de graver chaque mot, chaque éloge dans sa mémoire, tout comme elle apprenait par cœur les contes dont elle berçait l'enfance de ses garçons, y ajoutant seulement la tendre musique de sa voix. Mais Malek ne vient-il pas de lui offrir le plus beau des contes ?

Avec elle, toutes les femmes de la maison – analphabètes, ce vilain mot – entourent le lauréat, lui prodiguent caresses et félicitations, ignorant que, si aujourd'hui il est prince, elles sont reines depuis la nuit des temps par leur connaissance de la vie et des hommes, dont bien souvent elles tiennent le destin entre leurs mains.

Dans le jeune été plein d'élan et de promesses, on a dégusté les boureks farcis à la viande et au poisson, les beignets et les crêpes au miel et à la fleur d'oranger, les mouktabs aux dattes et les délicieuses cornes de gazelle au goût de noisette et d'amande.

Limonade à volonté.

De nombreuses photos ont été prises. Malek conservera toujours celle où il figure entre ses oncles. N'est-ce pas grâce à eux, en particulier à Ramdan et à ses dictées, qu'il a le bonheur, ce matin, de pouvoir se dire le meilleur et de se sentir, tout simplement, exister ?

Il a insisté pour que Tayeb vienne à ses côtés. Son petit frère l'aime trop pour éprouver la moindre jalousie. Au contraire : grâce au succès de Malek, ses propres craintes s'allègent et, lorsque celui-ci a entouré ses épaules de son bras, il a senti que c'était à la fois pour le protéger et lui transmettre sa force.

Tandis qu'il posait avec ses oncles, Malek a surpris le regard assombri d'Amadi, entouré de Djami et de leurs quatre filles. Est-ce parce que l'entrée de Mahmoud en sixième n'a pas été saluée par la presse, et que les louanges destinées au petit-fils « placé » semblent faire grincer les dents de sa seconde épouse ?

Tant pis ! Malek sait que c'est par la faute de celle-ci que Tayeb et lui dépendront de l'État durant encore de nombreuses années. Et, bientôt, ils quitteront la maison pour partir en colonie, alors que Djami gardera ses enfants près d'elle... C'est sa jalousie qui vaudra à Tayeb, après les vacances, de retourner au centre et à Malek d'entrer comme interne au lycée.

Mais, en cette journée, c'est le bonheur illuminant le visage de Zohra qui représente sa plus belle récompense. Ce bonheur qu'il offre à sa mère pour ses trente ans, en a-t-il rêvé !

Le rêve fait partie de la respiration de Malek. À tout instant de la journée, mais surtout la nuit, il prend son envol sur le tapis volant des contes qui l'emmènent vers l'espoir et lui répètent qu'aucun combat n'est perdu d'avance.

Tout petit, c'était l'espoir de voir son père pousser la porte de la maison. Plus tard, dessinant sur le tableau noir de l'école l'oiseau aux ailes déployées, il exprimait son désir d'évasion. Et depuis que le Boiteux est venu le chercher dans la tempête, il rêve d'offrir un jour, lui aussi, aux enfants perdus, le lait chaud du savoir et de l'amour.

Mais où est Sindbad ?

Entraîné dans le tourbillon du bonheur, Malek ne s'est pas inquiété de l'absence de son chien parmi les nombreux animaux qui fréquentent la cour. La légende raconte que nul ne connaissait l'âge du grand voyageur. Quel est celui de l'épagneul aux yeux doux ? Il s'est peu à peu transformé en vieux sage qui, à la lumière et à l'agitation, préfère désormais l'ombre et le calme. Son lieu favori est la chambre de Malek, où il dort sur un coussin recouvert d'un polo usagé de son maître afin que l'odeur familière le rassure si l'idée saugrenue d'un abandon lui venait.

Malek s'éclipse et gagne la maison de Zohra.

– Sindbad ? Sindbad ?

Il devrait déjà entendre la réponse enrouée de son compagnon, sentir sa langue râpeuse sur son visage. Un chat se cacherait pour afficher sa mauvaise humeur, les chiens ne connaissent pas la rancune. Humblement, sans comédie, ils manifestent leur joie, leur tristesse ou leur colère.

– Sindbad ?

À présent, c'est en courant que Malek va à sa chambre, dont la porte est ouverte. Il s'arrête, la gorge serrée par l'angoisse.

Son chien n'est pas là. Le coussin a disparu.

Lorsqu'il déboule parmi les femmes qui papotent gaiement autour du thé à la menthe, le silence se fait.

– Maman, où est Sindbad ?

Pour la première fois, prononçant le nom de son ami, Malek a conscience de son léger ridicule. Mais les tendres appellations que l'on donne à ceux que l'on aime ne sont-elles pas comprises des seuls intéressés ?

Zohra ne répond pas. Elle n'a pas voulu gâcher la joie de son grand en lui apprenant, dès son retour, que son compagnon était mort. Et maintenant, elle regrette, et les larmes qui affluent à ses yeux confirment à Malek la justesse de son intuition.

Daloula se lève et vient vers son neveu.

– Sindbad a choisi de vivre dans un autre monde, lui apprend-elle d'une voix douce. Il est parti dans son sommeil, sans souffrir. On l'a enterré sur la colline.

Elle veut le prendre dans ses bras, il la repousse. Il

crie : « Laissez-moi », et ce cri est celui d'un homme. Personne ne le suit lorsqu'il quitte la maison en courant.

Il a besoin d'être seul et on ne l'est jamais chez Amadi. Il a besoin de silence, et le silence est inconnu au royaume des femmes.

La solitude, le silence, il les a apprivoisés sur un coin de terrasse au centre en écoutant la mer lui répéter que c'était en lui qu'il devait puiser sa force. Il a appris, les yeux mouillés, à parcourir à tâtons les chemins de sa conscience pour y trouver nourriture et consolation. L'un et l'autre sont devenus indispensables à sa vie.

Tandis qu'il monte sur la colline, dans le parfum étourdissant des eucalyptus, le crépitement des insectes l'accompagne comme une prière. C'est sous ce chêne puissant, dont le feuillage a abrité tant de générations, que Sindbad, ainsi que d'autres animaux très chers, interdits de cimetière, a été enterré. Leurs dépouilles nourrissent ses racines. L'énergie qui les habitait se mêle à sa sève, monte le long du tronc rugueux, parcourt les branches noueuses. Sindbad participera aux humeurs du ciel, avant, à l'automne, de se mêler à la terre mouillée, porteuse d'une autre vie.

Ce bouquet de roses, c'est celle qui en porte le nom qui l'y a déposé. Malek s'assoit contre l'écorce crevassée et sort le précieux carnet où il dessine et s'essaye à la poésie.

Pas plus que la date de sa naissance, nul n'a jamais connu celle du départ de Sindbad, le personnage légendaire, c'est pourquoi il vit encore. Le poème que

Malek compose ne parle ni de deuil, ni d'adieux, mais de retrouvailles.

On dit que le marin qui ne rêve pas à d'autres voyages meurt sur son bateau. Sindbad n'est pas mort, il voyage vers d'autres horizons.

Et lorsque, à genoux, il glisse ses quelques vers sous la terre, Malek invite l'épagneul aux yeux dorés à naviguer pour toujours dans ses rêves.

12

Kenza, la mouette rieuse

Le vieil autocar, empli de cris d'enfants, brinquebale sur la route qui mène à Constantine, à 80 kilomètres de Skikda.

Le nez collé à la vitre, Malek dévore le paysage : c'est son premier voyage et il est ébloui.

Sous le bleu dur du ciel, plaines et collines se succèdent. Toutes les nuances de brun et de vert semblent frire sous la chaleur. Par-ci, par-là, de maigres bouquets de tamarins et d'eucalyptus sous lesquels s'abritent de blanches djellabas, quelques palmeraies qui font fondre dans sa bouche les « doigts de lumière », ces dattes onctueuses que Zohra glissait dans son cartable d'écolier.

Sur le siège voisin du sien, Soltan s'exclut de la gaieté générale. Le visage fermé, les lèvres dures, il regarde droit devant lui, serrant contre sa poitrine le sac contenant la gourde d'eau et les gâteaux secs remis à chaque pensionnaire au moment du départ.

La cause de sa révolte – mais sans doute le mot « douleur » conviendrait-il mieux –, Malek la connaît.

C'est à Constantine que vit sa mère, Lalla El Hadja. Il a écrit l'adresse de sa main sur l'enveloppe contenant la lettre que Soltan lui avait dictée. Chaque minute qui passe rapproche son nouvel ami du silence d'une mère qui ne lui a pas répondu.

Mais voici que se dresse la cité sur son piton rocheux, blanche et veinée de rose et d'ocre. Constantine, dont la légende raconte qu'elle est l'œuf d'un vautour et que, pour ne pas la voir, les corbeaux affolés volent sur le dos.

Les jeunes passagers retiennent leur souffle comme l'autocar s'engage sur le boulevard de l'Abîme, à fleur d'une roche saignée au fil des siècles par le Rhumel, autrefois torrent, aujourd'hui tranquille rivière.

Malek n'en a cure. C'est un autre vertige qu'il éprouve. Tant de coupoles, de monuments, de hautes maisons de pierre, tant de beauté façonnée par les siècles, il n'en avait jamais vu. Et, prenant Sindbad pour témoin, il se fait une promesse : « Je reviendrai. »

Tu reviendras.

Après que le chauffeur est allé récupérer d'autres futurs camarades, le véhicule descend vers la plaine. Il serpente entre les champs de céréales et les arbres croulant sous des fruits qui mettent l'eau et le sucre à la bouche des enfants. Les heures passent. Lorsque scintille au loin la lame incandescente de la mer, des applaudissements éclatent. Enfin, l'autocar s'arrête en bord de plage et, comme les garçons en descendent, une surprise les attend.

Les filles.

Envoyées à Collo par un autre centre, elles occupent

un bâtiment proche du leur et sont venues les accueillir.

Tandis qu'ils récupèrent leurs sacs, lancés du toit sans ménagement par le chauffeur, elles caquètent, se glissent des mots à l'oreille, laissent fuser d'énervants petits rires, jouent les coquettes dans les maillots une ou deux pièces sous lesquels pointent leurs seins naissants.

Et, devant ce spectacle, les garçons, qui, à Jeanne-d'Arc, exhibaient volontiers leurs muscles, jouaient aux farouches guerriers, ne savent soudain plus que faire de leur corps, en proie à un mélange d'obscur bonheur et d'embarras.

Malek a grandi parmi les femmes. Ces filles ressemblent à ses cousines ou à ses jeunes tantes, auxquelles il servait de messager, courant entre les maisons des épouses d'Amadi, parfois récompensé par leurs caresses. Aussi est-ce tout naturellement qu'il va les saluer, entraînant les autres à sa suite.

Sous la surveillance indulgente de moniteurs et de monitrices à peine plus âgés qu'eux, ils passeront d'excitantes vacances mixtes.

L'autre surprise viendra de Soltan. Alors que Malek craignait ses rodomontades, voire sa violence vis-à-vis des filles, voici que, face à elles, il redevient petit garçon, replie son long corps, refuse, se jugeant trop gauche, de participer aux jeux collectifs et, bien sûr, cache sa timidité sous des airs dédaigneux.

L'une d'elles a tout de suite attiré Malek : Kenza, « petit trésor ». Ses yeux sont bruns et pétillent de gaieté. Elle a douze ans, femme en bouton au joli visage et au corps rondelet.

Elle ne sait pas nager ; aussi a-t-il décidé de lui enseigner la brasse. N'a-t-il pas appris à Tayeb à ne plus craindre les humeurs de la mer ? Kenza ne les craint pas : elle s'y jette telle une mouette rieuse, et ce sera là le plus beau présent qu'elle offrira à Malek : lui réapprendre à rire.

Il y a toutes sortes de rires, et les femmes sont plus douées que les hommes pour ceux de la tendresse, qu'elles savent même, à l'occasion, mêler de larmes. Ceux de Zohra et des autres femmes de la maison ont accompagné sa petite enfance. Le rire de Daloula, montant de son ventre, semble cacher de troublantes promesses. Au centre, il a découvert les rires serviles et méchants. Un après-midi d'exception, dans le triste réfectoire, est monté un rire libérateur lorsque Soltan lui a rendu son pantalon sous les yeux du Sadique, momentanément désarmé. À Collo, ce sont des rires de pur plaisir, jaillissant spontanément des poitrines, donnant l'impression de voler.

La poitrine de Soltan est-elle trop encombrée de souffrance ? Lui, n'y parvient pas.

Cet après-midi-là, une partie de colin-maillard a été organisée sur la plage. C'est au tour de Malek d'avoir les yeux bandés. Celui ou celle qu'il attrapera et dont il saura deviner le nom le délivrera. Mains tendues, il avance au hasard sur le sable à la recherche d'une victime. On le pousse, on le bouscule, on le fait tourner en bourrique.

Et enfin, ça y est, il tient quelqu'un ! Ou plutôt « quelqu'une », car la lourde chevelure, retenue par un ruban, lui indique qu'il s'agit d'une fille.

Tandis que ses doigts descendent le long des joues rondes, s'attardent un instant sur le doux coussinet des lèvres, les autres enfants se rapprochent. Lorsque la fille laisse échapper un petit rire, il croit voir pétiller des yeux bruns. S'est-elle laissé attraper ou, connaissant son faible, l'a-t-on poussée vers lui ?

La main de Malek caresse légèrement le cou où palpite une veine. Trouvant le collier de grosses perles turquoise qui ne la quitte jamais, il prononce son nom : « Kenza ».

Sous les rires et les applaudissements, elle arrache le bandeau du vainqueur et le lui rend pour qu'il le noue autour de son propre visage. Et comme les doigts de Malek s'emmêlent dans la masse des cheveux, un trouble délicieux s'empare de lui, une tiédeur monte en bas de son ventre.

Mais déjà elle lui a échappé et ses mains tendues cherchent une autre proie.

La tête de Malek tourne. Est-ce vraiment lui qui a gagné ? Il vient de comprendre le pouvoir des femmes, qui se laissent prendre pour mieux régner.

13

La maison bleue

Comme promis à Soltan, chaque jour, Malek se fait instituteur. Il a emporté à cette intention son premier manuel de lecture, ainsi que les dictées que l'oncle Ramdan destinait aux tout-petits lorsque l'école fermait à cause des « événements ».

Les cours ont lieu à l'heure de la sieste, ou le soir avant de dormir. À Collo, pas plus de quarante enfants par dortoir, la plupart du temps trop fatigués par leur journée pour se soucier de ce qu'ils trament ; et puis quelle drôle d'idée de travailler pendant les vacances !

Malek se préparait à avoir un élève indiscipliné, renâclant devant la difficulté, c'est le contraire qui se produit. Toute la rage que Soltan porte en lui, l'ardeur qu'il mettait au centre à terroriser les autres, il les emploie à apprendre. Le nez sur son livre, il déchiffre comme on combat. Sa plume menace à chaque instant de transpercer le papier des cahiers. Et, lorsque épuisé le maître va se coucher, l'élève continue, n'hésitant pas à le réveiller pour se faire expliquer un mot.

Sous les yeux émerveillés de Malek, un esprit s'éveille, une intelligence fleurit.

Et si ?

Si les aléas de la vie ne les avaient pas réunis à Jeanne-d'Arc sous le joug d'un directeur barbare ? Si, d'un pantalon volé, n'était pas née une amitié, que serait devenu Soltan ? Tous ces « si » que la chance ou le destin s'amusent à verrouiller ou à déverrouiller.

Malek se plaît à penser que, lorsque Soltan évitait de s'attaquer à lui au centre, inconsciemment, il préservait son avenir. Et que, en lui dérobant son pantalon, c'était son savoir qu'il tentait de s'approprier.

Bien sûr, jamais il ne se risquerait à lui en parler ; l'orgueilleux caïd lui rirait au nez.

Pourtant, quelle fierté ce dernier éprouverait-il s'il savait que, grâce à lui, l'avenir de Malek commence à s'éclairer ; sa passion pour ce qui conduit l'homme vers le meilleur ou le pire, l'ombre ou la lumière, est en marche. Passion qui fera un jour de lui un « docteur » en psychologie.

Mais on ne change pas de peau du jour au lendemain, et savoir sa mère si proche sans pouvoir la visiter, se dire que, si elle vient sur la plage de Collo pour s'y baigner, elle ne saura rien de sa présence, ronge Soltan et le rend à nouveau enragé.

Malek lui a proposé d'envoyer une carte postale à Lalla pour l'avertir qu'il était là. Sa proposition a été accueillie par un grognement de fauve, assorti d'un coup de pied qui a fait exploser un innocent massif de lys sauvages. Sa mère n'a pas répondu à sa lettre, pourquoi répondrait-elle à une carte ? Elle l'a rayé de sa vie, c'est tout.

Et si, plus simplement, réfléchit Malek, elle n'avait trouvé personne pour écrire à sa place ? Il ne sait rien de la famille de Soltan, sinon qu'il est enfant unique ; pas même le prénom de son père. Lorsqu'il le lui a demandé, Soltan a haussé les épaules : « À quoi bon ? Ça ne le fera pas revenir. » Reproche-t-il à celui-ci de l'avoir également abandonné en perdant la vie ?

Une « visite de la ville » est prévue en fin de semaine. Les enfants qui ont un peu d'argent se réjouissent à l'idée d'acquérir quelques bricoles pour eux ou leur famille. Soltan, qui progresse trop lentement à son goût dans l'apprentissage de la lecture, met plus de fureur que jamais à rattrapper le temps perdu. Comme si les jours lui étaient comptés.

Et patatras ! La veille de l'expédition, il est pris en train de dérober le portefeuille d'un moniteur. La sanction tombe : privé de sortie, consigné à Collo pour un temps indéterminé.

À quoi destinait-il l'argent volé ? s'interroge Malek. À s'acheter un vêtement ? Entièrement à la charge de l'État, c'est le plus mal nippé de la colonie. À moins qu'il n'ait changé d'avis et, résolu de profiter de la balade pour aller voir sa mère, ne veuille pas arriver les mains vides.

Et si – un « si » redoutable qui pourrait fracasser son avenir – Soltan avait décidé de s'échapper, au risque d'être repris et renvoyé au centre où Seddick se fera un plaisir de le briser ?

Qu'est-ce qu'un ami qui ne prend pas de risque pour l'autre ? Malek décide de se rendre chez Lalla.

Usant de son charme, il a obtenu d'une monitrice le programme de l'expédition. Le départ aura lieu à six heures du matin afin que les enfants soient de retour avant la fournaise de l'après-midi. La visite débutera par la vieille ville : le souk et la grande mosquée.

Le cœur de Malek bat plus fort. C'est dans la vieille ville, près du marché, que vit la mère de Soltan. Celui-ci a daigné lui confier que, avant, il entendait la voix du muezzin appelant à la prière. Ne lui a-t-il pas parlé également d'une maison bleue ? Hélas, Malek a beau fouiller sa mémoire, le nom de la rue ne lui revient pas. Tant pis ! Il prendra le temps nécessaire pour la trouver.

En attendant, Soltan ne doit se douter de rien : il le tuerait !

Le jour n'est pas levé lorsque les pensionnaires s'habillent. Malek revêt son pantalon – il devient trop court –, un polo neuf, les espadrilles de cuir offertes par l'oncle Saleh. Soltan, qui n'est pas le seul à être privé de sortie, fait semblant de dormir. Malek s'arrête quelques secondes près de son lit : au fond, peut-être est-il soulagé d'être consigné, échappant ainsi à la pire des tortures : l'espoir vain d'être bien accueilli par sa mère.

Dans l'autocar, Kenza s'est assise à côté de Malek. Les deux adolescents ne cherchent pas à cacher leur mutuelle attirance. Ils ne sont pas les seuls à vivre les innocentes amours de l'âge tendre. Durant le voyage, la jeune fille s'étonne du silence de son ami et, un instant, celui-ci songe à lui confier son secret. Mais, chez Amadi, il a appris à ses dépens que les secrets étaient faits pour être colportés à voix basse par les femmes, aussi se retient-il.

À peine s'il regarde la ville qui se dresse enfin, dans un ciel bandé de rose. Cet arbre fragile, accroché au bord de la falaise, c'est Soltan ! Les questions l'assaillent, toujours les mêmes.

Parviendra-t-il à trouver la maison de Lalla ?

S'il la trouve, sera-t-elle là ?

Si elle y est, comment le recevra-t-elle ?

De toutes ses forces, il combat l'idée que la raison de son silence pourrait être, comme l'affirme Soltan, le rejet d'un garçon qui lui a causé trop de soucis.

À moins...

Soudain, l'angoisse tord le cœur de Malek. À moins que Lalla ne se soit remariée et que l'indifférence soit dictée par son nouvel époux.

Les voici arrivés à destination. Il rejoindra son groupe au sortir de la grande mosquée. S'il n'est pas de retour à temps, il prétendra s'être perdu.

Le moment favorable se présente lorsqu'un dinandier, assis devant son échoppe, explique aux enfants l'art de travailler le cuivre, leur fait admirer les plateaux, théières, lanternes et autres objets patiemment martelés et polis. Autant de merveilles qui diffusent leur flamme secrète dans l'obscurité. Comme il voudrait être assez riche pour rapporter l'une d'elles à Zohra. Mais, ce matin, il a mieux à faire.

Le voici courant de ruelle en ruelle, interrogeant les passants, les femmes assises au coin des porches. Connaissent-ils la famille El Hadja ? Lalla ?

C'est un vieil homme attelé à une charrette emplie de vannerie, de nattes qui donnent envie de s'y coucher, de corbeilles pour s'y blottir, de couffins à remplir de fruits ou d'autres bonnes choses, qui le renseigne.

Il tend le doigt vers une rue pierreuse.

– Là-bas. Tu vois ? La maison bleue.

14

Un gâteau de voyage

En haut de l'escalier délabré dont la rampe s'affaissait, tu as entendu des voix, des voix de femmes. La porte était entr'ouverte, tu l'as poussée.

Elles étaient deux dans la cuisine obscure, protégée du soleil par des stores déchiquetés. L'une, toute jeune – l'âge de Zohra –, pétrissait une grosse boule de pâte sur la table de la cuisine semée de farine. Sous son tablier, elle portait une jolie robe fleurie.

L'autre, plus âgée, vêtue de noir, assise sur une chaise, la regardait faire en trempant ses lèvres dans un bol de thé. Son visage était aussi sévère que celui de Lalla était doux, car, pas un instant, tu n'as douté d'avoir en face de toi la mère de ton ami.

Tu t'es avancé et tu as incliné poliment la tête avant de te présenter.

– Je m'appelle Malek Chebel. Je suis venu vous donner le bonjour de Soltan.

Entendant le nom de son fils, Lalla a porté une main à ses lèvres comme pour retenir un cri.

Ce matin, à son réveil, une voix intérieure lui avait

ordonné de faire un « gâteau de voyage », ces gâteaux nourrissants que l'on emporte lorsqu'on a un long trajet à accomplir. Et comme il faut respecter les signes, sitôt levée, elle s'était mise au travail.

La femme en noir a froncé les sourcils.

C'est à la mère que, cette fois, tu t'es adressé. Au fond, tu n'avais qu'une seule question à lui poser, et de sa réponse dépendrait le devenir de Soltan. Cette question était : « Est-ce que tu l'aimes encore ? »

– Nous nous sommes connus au centre, lui as-tu appris. C'est moi qui ai écrit la lettre qu'il t'a envoyée. Bientôt il pourra le faire lui-même.

Et tu as ajouté, en fixant le petit nuage de farine que la main de Lalla avait laissé autour de ses lèvres :

– Il apprend pour toi.

Ces lèvres ont tremblé comme celles des enfants qui retiennent leurs larmes et elle s'est tournée vers le buffet, où était un cadre de cuivre ouvragé, semblable à ceux du dinandier, qui renfermait le portrait d'un homme au regard droit, en uniforme militaire, sa femme à ses côtés et, devant eux, un garçonnet en culotte courte qui crânait comme le font tous les petits, fiers d'être photographiés avec leur père.

Tu t'es approché du buffet et lorsque, près du cliché, tu as découvert une enveloppe froissée portant ton écriture, ça t'a fait drôle. Ainsi, la lettre était bien arrivée et elle avait été placée à l'endroit qui convenait.

La femme vêtue de noir te fixait, la colère dans les yeux. La mère de Lalla ? Sa belle-mère ? Tu connaissais ce regard de rejet : Djami. Et soudain tu as eu la certitude que c'était elle qui avait découragé Lalla de répondre à son fils.

Mais l'important n'était-il pas qu'elle ait gardé la lettre, comme une marque d'espérance ?

Tu es venu vers elle.

– Nous sommes en colonie, tout près de Collo, à Texana, lui as-tu dit. S'il te plaît, viens le voir. Il t'attend.

La femme au cœur sec a crié quelques mots que tu n'as pas compris. Ils n'ont pas empêché la photo de briller et le regard de Lalla d'y revenir. Puis elle a posé ses deux mains sur la boule de pâte et elle a recommencé à pétrir.

– Je dois d'abord terminer mon gâteau. Et sa cuisson réclame un bon moment.

Son regard mêlé de larmes était une promesse et, empli d'une joie trop grande pour ta poitrine, tu t'es jeté dans ses bras. Comme elle te serrait contre elle, tu as murmuré à son oreille : « Surtout, ne dis pas à Soltan que je suis venu », et, dans le baiser qu'elle t'a rendu, tu as lu que, comme Zohra, elle connaissait l'orgueil parfois excessif des hommes.

Les autres t'attendaient au sortir de la grande mosquée. Tu as expliqué que tu t'étais égaré, et le soulagement de te retrouver a été tel que les moniteurs ne t'ont pas posé de questions. Après tout, n'étais-tu pas un garçon sans histoire ? Seule Kenza, durant le trajet du retour, a semblé étonnée de te voir si plein d'entrain après la morosité de l'aller.

Durant un repas joyeux auquel Soltan n'a pas participé, chacun a fait admirer aux autres les emplettes faites au marché.

Toi, tu n'avais rien à montrer, mais, imprimée dans ta mémoire, la lumière magique d'un cadre de cuivre ouvragé renfermant l'amour d'une mère te rendait le plus riche de tous.

À l'heure où la mer se pare des ailes claires des voiliers, vous vous êtes baignés. Tu ne cessais de regarder vers le chemin caillouteux qui, entre une haie de ronces mêlées de fleurs sauvages, descendait vers la plage.

Lalla y est apparue alors que les moniteurs organisaient une partie de volley-ball. Un homme à barbe blanche, vêtu de la gandoura, marchait à ses côtés. Elle portait au bras un large couffin dans lequel devait se trouver un objet précieux, car elle prenait grand soin de ne pas le secouer, sans doute était-ce un « gâteau de voyage » qui allait réunir une mère et son fils après une longue traversée du désert.

Son regard a parcouru votre groupe et, si elle t'a reconnu, elle n'en a rien montré.

Suivant la plage, il s'est arrêté sur le long garçon qui se tenait à l'écart du jeu, le garçon au regard perdu de ceux qui s'interdisent d'espérer.

Elle a fait signe à l'homme qui l'accompagnait de ne pas la suivre et elle est allée seule vers son fils.

Soltan ne l'a pas vue tout de suite. Lorsqu'elle a prononcé son nom, il s'est levé d'un bond et, durant un instant, tu as eu peur qu'il ne s'enfuie, le plus loin possible, pour échapper à la brûlure d'un bonheur trop longtemps attendu.

Elle s'est assise et elle a ouvert le couffin pour lui montrer ce qu'il contenait.

Soltan ne recevant jamais de visites, tes camarades,

tout étonnés, avaient arrêté la partie et regardaient la jolie jeune femme qui tendait à l'enfant perdu une part de gâteau.

Kenza a saisi ta main. Elle avait le sourire de celles qui comprennent, sans avoir besoin de poser de questions.

Soltan est tombé à côté de sa maman. Elle a ouvert ses bras. Il s'y est enfoui, s'y est perdu, lui le grand garçon fragile, elle la femme si petite et forte.

Et devant tant de beauté, il t'a semblé que, durant un instant, la mer, pensive, retenait son souffle.

15

La beauté des femmes

Malek regarde les murs gris du centre devant lequel l'autocar vient de déposer les pensionnaires, de retour de Collo. Adieu les bâtiments légers où la ronce s'ornait de lys sauvages.

Au rez-de-chaussée, la rangée de fenêtres du réfectoire. Les mêmes, à l'étage, celles du dortoir où tant de nuits il s'est levé, la peur au ventre, une fois les loups endormis, pour aller respirer la mer.

Le chef de la meute s'est fait agneau entre les bras de Lalla et, la nuit dernière, dans cette même mer, Malek se baignait sous les étoiles avec Kenza.

Plus haut encore s'étend la terrasse au sol de ciment où, dans la douleur, il a apprivoisé le silence et la solitude ; à moins que ce ne soient eux qui aient offert à son cœur en déshérence leurs trésors cachés.

Pour Malek, le centre, c'est terminé. Il a cessé d'être « placé ». Dans quelques jours, il rentrera comme interne au lycée de Skikda. En revanche, Tayeb devra endurer encore deux années de galère. Il l'a confié à Soltan.

Durant l'étouffant trajet qui les a ramenés ici, Soltan n'a pas ouvert la bouche, mais son regard, fixé vers le lointain, était plus clair. Il emportait dans son sac les livres et les cahiers laissés à lui par Malek, et ceux-ci, avec le goût d'un gâteau de voyage, lui permettraient peut-être de retrouver un jour une maison bleue.

Il est deux heures, l'heure impitoyable. Tôle contre tôle, le ciel se plaque sur la mer. Pas un souffle, aucun bruissement d'ailes. Malek boit l'eau tiède de sa gourde, puis il tourne le dos à la plage et prend le chemin qui mène chez Amadi.

Ces champs qu'il traverse, bordés d'arbres fruitiers, appartenaient autrefois à son grand-père. Il connaissait les hommes qui y travaillaient et, lorsqu'il les croisait en allant à l'école de Philippeville, ceux-ci le saluaient en l'appelant par son nom. Quelle fierté était la sienne, lorsqu'il revenait sur le dos de son barbe dont l'oncle Ramdan tenait la bride. Ramdan, son préféré : l'oncle aux dictées.

Philippeville devenue Skikda, les terres d'Amadi ont été distribuées à ceux qui les cultivaient ; au moins son grand-père a-t-il gardé les trois bâtiments qui composent sa propriété.

Mais voici qu'en surgissent les murs, tremblant dans la fournaise, comme ces mirages qui supplicient les assoiffés. Voilà qu'il oublie sa fatigue pour courir vers les bras de sa mère.

Dans la vaste cour déserte s'accrochent encore çà et là les odeurs du repas de midi. Aucun bruit derrière les volets clos. C'est l'heure de la sieste.

Malek laisse tomber son sac et s'arrête, la tête bourdonnante. Nul n'a été averti de son retour, et le fait que personne ne soit là pour l'accueillir lui procure la douloureuse impression d'être un étranger dans sa propre famille ; ne l'est-on pas lorsqu'on n'en partage plus le quotidien ?

Un gros chat gris sans nom se glisse paresseusement hors de la maison de Zohra, vient s'enrouler autour de ses chevilles, quémande une caresse, émet de brefs miaulements de plaisir. À sa suite, Malek pénètre dans la maison.

Il y fait frais, il y fait comme avant, comme toujours. Il y fait « chez lui » malgré tout, et, de reconnaissance, le voyageur ferme les yeux. Dans la pièce attenante, de légers ronflements indiquent la présence de sa grand-mère. Après avoir bu coup sur coup deux verres d'eau, il monte dans sa chambre.

Les lits sont faits. Sur l'oreiller de Tayeb qui rentre demain, son chamelou l'attend. S'il ne l'a pas emporté en colonie, est-ce qu'il a grandi ou a-t-il redouté les moqueries ?

– Sindbad... murmure Malek.

Il a parlé à Kenza de son chien sans lui révéler qu'il était mort. Ainsi son compagnon vit-il encore dans l'esprit de la « mouette rieuse ». Elle lui a fait promettre de le caresser pour elle. Le nez dans le poil soyeux, Malek s'acquitte de sa promesse et, lorsqu'il dit à l'épagneul, à jamais présent dans sa mémoire : « J'ai fait un beau voyage », il voit dans la pénombre briller deux yeux d'or.

Le broc d'eau près de la cuvette a été rempli. Il se débarbouille, s'asperge les épaules et les bras, puis il vide son sac et, vêtu d'une simple tunique, redescend l'escalier et sort dans le patio à la recherche de sa mère.

C'est alors qu'il entend les rires.

Ils viennent de la salle d'eau, une vaste pièce carrelée à la disposition de tous, qui se trouve à l'arrière de la maison d'Amadi. On y accède par une courette où l'on met le linge à sécher.

Robes, jupes et corsages de toutes couleurs font comme un rideau de scène entre les plis duquel Malek se faufile pour arriver à la fenêtre, légèrement en hauteur, qui donne sur la pièce. Sans réfléchir, il tire un tabouret et regarde par la vitre embuée. Son cœur s'emballe.

Elles sont là.

Allant et venant comme on danse d'un lavabo à l'autre, se disputant la baignoire, puisant l'eau fraîche dans les bassines alignées le long des murs, rapportant à deux l'eau chaude de la cuisine.

Nues, elles se lavent à l'aide de gants et d'éponges, brossent leurs longues chevelures, enduisent leurs corps d'huile dont il croit sentir le parfum : seins copieux, ventres légèrement bombés soulignés par le sombre triangle de la toison.

Combien sont-elles ? Malek ne saurait le dire, pas plus qu'il ne cherche à les nommer. Elles ne font qu'une.

La femme.

Et, devant tant de beauté, il ne peut s'empêcher de pleurer.

16

Une grande nouvelle

Tayeb avait, lui aussi, été heureux en colonie. Sa peau blanche avait bruni, d'un hâle différent de celui des autres : un cadeau éphémère du soleil. Dans son visage, ses yeux en paraissaient plus bleus. Tous l'ont trouvé grandi. Daloula a pris des mines gourmandes : « Mais te voilà un homme ! » Il a ri et s'est laissé un peu manger.

Son imminent retour au centre sans Malek le souciait. Celui-ci l'a rassuré : il aurait le plus puissant des protecteurs, Soltan.

Les deux garçons ont été abreuvés de tendresse, de baisers et de caresses, au cœur desquels Malek ne pouvait s'empêcher de sentir la tristesse d'une nouvelle séparation.

Les oncles les ont emmenés au marché, où chacun a eu droit à un cadeau. Tayeb a choisi une montre, Malek un jean. De retour à la maison, il a offert son pantalon long à son petit frère. Tandis que celui-ci l'essayait – trop long –, se souvenant du même pantalon sur Soltan – trop court –, il n'a pu s'empêcher de sourire. « L'amitié née d'un pantalon volé »... Cela n'aurait-il pas fait un beau titre de conte ?

Mahmoud avait passé ses vacances en famille avec Hassan, son frère aîné, que l'on aurait pu appeler « fils gâté » tant il était choyé par sa mère.

Comme Malek, il entrait en sixième au lycée de Skikda, où il serait demi-pensionnaire. Ils se sont réjouis de s'y retrouver.

La veille de la rentrée, Malek a emmené Tayeb dire au revoir à leur grand-père. Lorsqu'ils ont poussé la porte de la salle où toute la famille était rassemblée, Djami s'est retirée, entraînant ses filles avec elle. Mahmoud, lui, est resté.

Les fils de Zohra se sont avancés vers le fauteuil d'Amadi.

Avec un bon sourire, celui-ci a regardé les petits-fils de sa première épouse et il leur a prodigué les conseils que l'on donne aux enfants avant la rentrée des classes.

Écoutant la belle voix du patriarche, Malek se souvenait des grandes fêtes, désormais révolues, où, après avoir pillé la meilleure papeterie de la ville, Amadi distribuait leurs fournitures scolaires aux futurs écoliers. Et, lorsque celui-ci, sous le regard approbateur de Mahmoud, a sorti de sa poche une poignée de monnaie qu'il a partagée entre Tayeb et lui, c'est le souvenir d'une pochette de crayons de couleur qui lui est revenu comme un moment de bonheur perdu.

Puis Amadi les a longuement embrassés.

– Allez !

Le contraire de « Allez-vous-en », que Malek avait lu dans le regard noir de Djami.

Les sacs des garçons sont bouclés. Leur dernier dîner dans la maison de Zohra vient de s'achever. Il leur faudra attendre plusieurs semaines pour y revenir, lors de la fête du « Petit Aïd », réservée aux enfants après le ramadan.

Daloula a essayé sans grand succès d'égayer le repas. Zohra a fait de son mieux pour dissimuler son chagrin. Hadja vient de se retirer dans sa chambre en poussant force soupirs. Les oncles se consultent du regard.

– Nous avons une grande nouvelle à vous annoncer, déclare Saleh à ses neveux.

Tout de suite, le regard inquiet de Tayeb vole vers sa mère, dont le sourire apaisant le rassure.

– Lorsque vous reviendrez, nous aurons quitté cette maison. Nous allons déménager, reprend leur oncle.

– Et on va aller où ? Loin ? demande Tayeb d'une voix anxieuse.

– Tout près d'ici et plus près encore de Skikda.

– Une belle villa avec le confort, enchaîne Moussa, surnommé l'« ingénieur », qui travaille dans le bâtiment.

– Eau courante et électricité dans toutes les pièces, précise Saleh en regardant avec tendresse sa jeune épouse dont le ventre s'arrondit.

– Sans oublier la salle de bains avec DEUX robinets à la baignoire : eau chaude et eau froide, s'extasie Daloula qui s'invite toujours quand ses neveux sont là et qui tient à la fois sur ses genoux Tayeb et Rachid, ses « brins d'hommes ».

– Pourquoi devons-nous quitter la maison ? demande Malek.

Les visages deviennent sérieux.

– Cela ne pouvait durer, murmure Zohra.

Chacun à son tour explique la situation. Depuis qu'Amadi a perdu ses terres et que s'épuise son capital, le caractère de Djami s'aigrit. Elle devient infernale, accuse Hadja de tous les maux, multiplie les scènes, faisant semblant d'ignorer qu'avec leurs salaires les fils de la première épouse contribuent largement à la marche de la maison. À la vérité, elle est jalouse de l'affection qu'Amadi leur porte.

C'est pour leur mère qu'ils ont décidé de déménager.

Zohra désigne le fauteuil sur lequel Hadja a laissé le panier contenant la layette qu'elle tricote pour le futur enfant de Saleh. Son regard se fait tendre.

– C'est votre grand-mère qui a été la plus difficile à convaincre. Malgré tout ce que Djami lui fait subir, elle continue d'aimer Amadi et de considérer que sa place est auprès de lui.

Malek regarde « Petite Rose », si belle et épanouie dans sa trentaine. Combien de prétendants a-t-elle éconduits pour se consacrer à eux ?

Une reconnaissance éperdue l'emplit : elle aussi n'a jamais cessé d'aimer son mari. Elle restera la femme d'un seul homme, et cet homme est Hocine, le père de Malek.

– Mais grand-père, qu'en pense-t-il ? Il est d'accord ? s'inquiète-t-il.

Sur ses joues, il sent encore les lèvres d'Amadi. Il a gardé dans sa poche les pièces de monnaie dues à sa générosité.

– Il approuve notre décision. Il espère avoir ainsi un peu de paix chez lui.

– Et ce n'est pas parce que nous allons déménager que nous cesserons de nous voir, ajoute l'oncle Saleh.

D'un bond, Tayeb s'extrait des bras de Daloula. Il se campe devant ses oncles. Son regard bleu fait le tour des yeux bruns.

– Moi, déclare-t-il, quand je serai grand, je n'aurai qu'une seule femme.

Il a tenu parole.

17

Sonneries

À sept heures, sonnerie. Branle-bas de combat dans les dortoirs – trois, pour cent quatre-vingts pensionnaires –, brève toilette aux lavabos recouverts d'émail avant de revêtir l'uniforme, puis descente dans le vaste réfectoire pour un petit déjeuner commun.

Lait chaud, épaisses tranches de pain bis, beurre trop froid, difficile à étaler, confiture d'abricot trop liquide, qui coule entre les doigts, récipients de métal qui tintent sur la table.

Si près, si loin de la jolie faïence utilisée à la maison.

À huit heures, sonnerie. Arrivée en masse des externes et des demi-pensionnaires, début des cours dans le bâtiment central du lycée, anciennement « Luciani », rebaptisé « El Arbi Tebessi », du nom d'un révolutionnaire.

Les différentes bâtisses qui le composent s'élèvent sur une colline dominant la ville. Sur la colline d'en face, c'est le lycée des filles. Entre les deux, dans l'avenue centrale de Skikda, coule un flot humain bariolé, traversé de senteurs d'épices et de musique. Au loin se balance la mer.

Il y a plusieurs sixièmes. Malek et Mahmoud ont eu la chance de se retrouver dans la même. Lorsque Mahmoud arrive le matin, il bâille et se frotte les yeux, encore plein d'un sommeil que n'a troublé aucun bruit, aucun pleur. Autour de lui, comme une tendre brume, flotte l'atmosphère de la « maison » et, chaque fois, un vide se creuse dans le cœur du pensionnaire.

Si près, si loin, la sienne !

Les trois directeurs sont arabes. Les enseignants se partagent ainsi : deux tiers français, un tiers arabes. Pour la plupart, les Français sont de jeunes coopérants, ardents partisans de l'Algérie indépendante, qui se sont portés volontaires.

Malek rêve : et si...

Si, un jour, il voyait apparaître Jean-Pierre ? Son premier maître ne se destinait-il pas à l'enseignement ? Il se souvient de l'article qu'il leur avait lu avec tant d'émotion avant son départ précipité. Comme celui-ci serait fier de retrouver son élève au lycée. Malek pourrait aussi le présenter au Boiteux, réunissant ainsi les deux Français amoureux de l'Algérie qui lui ont donné l'élan. À cette idée, ses ailes frémissent.

De huit à dix, premiers cours : lecture, dictée, récitation – les matières préférées de Malek.

À dix heures, sonnerie. Récréation dans la vaste cour, jeux de ballons et autres. Mahmoud se révèle timide, voire apeuré. Il a grandi parmi les femmes et découvre l'univers d'adolescents soucieux de s'imposer en affichant, parfois brutalement, leurs forces nouvelles.

Malek, lui, ne craint personne. Au centre, c'est l'odeur de la cruauté qu'il a respirée. Il s'y est forgé une cuirasse qui le protège des coups. Sa souffrance est autre : elle vient de la déchirure, cachée sous l'armure, qu'il ne peut partager avec personne.

Très vite, il s'est fait des amis ; parmi ceux-ci, Didouche.

Pauvre Didouche ! Chance ou malchance, son prénom est celui d'un héros de la guerre d'indépendance : Didouche Mourad. Dans toutes les villes, des rues portent son nom, ce qui vaut au malheureux une pluie de moqueries, d'autant que le lycéen, un garçon doux, replet, pacifique, est le contraire d'un révolutionnaire. À la moindre hésitation, voilà qu'il est tancé par le surveillant général de « poltron ».

Ses parents sont des bourgeois nantis de Skikda. Il est externe. Un chauffeur se charge de ses trajets au lycée. Ses poches sont toujours pleines de friandises qu'il distribue sans compter. Fasciné par la force de Malek, son assurance, il ne le quitte pas.

– Pourquoi es-tu interne ? lui a-t-il demandé un jour. Tes parents habitent donc si loin ?

– Ils habitent à Constantine, a répondu Malek sous le regard effaré de Mahmoud qui n'a pas démenti.

Fort et assuré, Malek ? Pas encore suffisamment pour dire la vérité : il n'y a pas de place pour lui dans la demeure de son grand-père.

Si près, si loin.

À dix heures et demie, sonnerie et reprise des cours. Histoire, géographie, mathématiques. Didouche et Mahmoud ont tous deux de la peine à suivre. Malek les aide de son mieux. Quand il se souvient de la rage d'apprendre de Soltan, les deux garçons lui apparaissent parfois comme ces fruits que trop de soleil a ramollis et qui s'écrasent sur le sol à la première intempérie.

À midi, sonnerie, départ des externes, déjeuner au réfectoire pour les demi-pensionnaires et les internes.

C'est un moment que Malek aime particulièrement. Au cœur d'un brouhaha traversé de rires, dans les chaudes odeurs de plats qui portent encore des noms français (« jardinière, vol-au-vent, gougères, flans et crèmes diverses »), il lui semble sentir sa mère à ses côtés. Il entend sa voix.

« Mange si tu veux grandir. »

Et, peu à peu, toutes ces sonneries qui, au début, résonnaient à son oreille comme celles d'une prison, vont lui répéter : « Avance si tu veux t'en sortir. »

Le déjeuner terminé, détente, reprise des cours jusqu'à cinq heures, puis étude pour les internes, suivie d'un quartier libre jusqu'au dîner.

Chère Kenza...

Comme il le lui avait promis, Malek a écrit à la « mouette rieuse ». Il a commencé par chercher Oran, la ville où elle habite, sur son livre de géographie. « Un balcon sur la mer », en disait-on, et il a été fier d'avoir été celui qui lui avait appris à nager.

De sa famille, il ne sait pas grand-chose : son père est ouvrier agricole, sa mère élève ses quatre enfants. Kenza ne sachant ni lire ni écrire, ce sera donc un inconnu qui lui lira sa lettre, aussi a-t-il préféré lui envoyer un poème, car la poésie porte en elle une musique secrète qui va droit à l'âme.

Lorsqu'il évoque le turquoise du ciel, Kenza comprendra-t-elle qu'il parle de ce collier de perles bleues qui leur a permis de se reconnaître ? Décrivant la brûlure du soleil, il espère lui rappeler les premières flammes de l'amour embrasant leurs cœurs. Et dans la caresse des vagues, sentira-t-elle sur sa peau celles, si timides, échangées sur le sable la dernière nuit à Collo ?

Écrivant son poème, faisant revivre avec sa plume la couleur des moments passés, Malek a éprouvé l'indicible bonheur de créer.

Il a confié sa lettre à Mahmoud, ainsi qu'une pièce puisée dans le pécule offert par Amadi pour le timbre.

Au dos de l'enveloppe, il a inscrit sa nouvelle adresse. Car c'est chose faite : le déménagement a eu lieu, et très bientôt, lorsqu'il rentrera pour la fête du Petit Aïd, il découvrira la belle villa que lui ont décrite ses oncles.

À sept heures du soir, sonnerie. Dîner au réfectoire : potage, légumes et entremets.

À huit heures et demie, sonnerie. Montée dans les dortoirs, lits superposés, armoires où chacun dispose d'une étagère pour ranger ses affaires : le luxe.

À dix heures, sonnerie. Extinction des feux et départ des petits passagers de la nuit sous l'œil vigilant du surveillant, au hublot d'une cabine éclairée par un falot.

Alors, Malek allume sa lampe de poche, sort le livre caché sous son oreiller et appareille sous la voile blanche du drap, voguant au gré des mots jusqu'à ce que le sommeil l'emporte.

18

La lettre ouverte

En as-tu rêvé chaque fin de semaine, voyant s'envoler une partie des internes, à ton retour à la maison, TA maison, loin de la lourde atmosphère de la demeure d'Amadi !

Les as-tu imaginés, le regard tendre de « Petite Rose », ses lèvres sur ta joue, son sourire de bonheur en te retrouvant !

L'as-tu entendu, le rire de Daloula, dont la gaieté spontanée, le simple bonheur de vivre, te rappellent ceux de Kenza, dont tu espères trouver, à ta nouvelle adresse, la réponse à ton poème.

Et ton carnet scolaire, empli de bonnes notes, t'es-tu réjoui d'en partager la fierté avec tes oncles !

Ces derniers jours avant le « Petit Aïd » t'ont semblé durer des siècles. Tu as compté les heures, surtout celles de la nuit, où tout est grossi, le pire comme le meilleur.

Comment pourrais-tu te douter que, par ta faute, la fête sera ternie ?

Les quatre frères de Zohra attendaient leur neveu à la porte du lycée. Plutôt que de prendre la voiture de Saleh ou de Ramdan, ils avaient décidé de faire durer le plaisir en accomplissant avec lui le trajet à pied jusqu'à la maison, cette maison gagnée à la sueur de leur front et à l'embellissement de laquelle chacun avait œuvré à sa façon. Ce serait à Malek de la dénicher.

En ce début novembre, le temps est frisquet. Ramdan a retiré son blouson pour en couvrir les épaules du jeune garçon. Moussa s'est emparé de son sac, l'oncle Saleh, qui, tant de fois, l'a conduit au centre, sourit de bonheur dans sa barbe et l'impatient Rachid oublie de boiter pour mener la marche. Les voilà déjà aux portes de Skikda. Tournées vers la mer, les villas sont nombreuses, l'atmosphère est plus calme.

Les oncles s'arrêtent, entourant Malek.

– Alors, laquelle ? Devine.

Malek joue le jeu, il désigne sans y croire une coquette demeure à deux étages, aux fenêtres généreusement éclairées. Ne lui a-t-on pas promis le confort ?

– Celle-là ?

– Plus belle, se rengorge Moussa l'ingénieur.

– Alors celle-là, avec les colonnes ?

– Et le jardin, tu en fais quoi ? feint de s'indigner Saleh.

Et soudain Malek sait qu'il est arrivé.

Un peu à l'écart des autres, flanquée de quelques pins, ornée de lauriers-roses et de genêts, se dresse comme un sourire une haute villa blanche aux fenêtres bordées de bleu, enlacée par un balcon. Il s'arrête, le cœur tremblant.

– Celle-là ?

– Tu es chez toi, acquiesce tendrement Ramdan.

Devant le porche, Zohra apparaît et lui ouvre ses bras. En a-t-il rêvé de ce moment où il pourrait dire : « Chez moi » !

Chez lui, cette jolie cour ornée d'un bassin en mosaïque. Chez lui, la vaste cuisine aux odeurs de vanille où la tendre Hadja le serre contre sa poitrine en pleurant tandis que Daloula improvise à son intention une danse de bienvenue. Chez lui, le grand salon aux murs décorés, au sol couvert de tapis, aux meubles neufs, mélange d'ancien et de moderne, où, dans une large cheminée, de hautes flammes virevoltent pour le fêter.

Avant toute chose, il a voulu visiter la maison. Au rez-de-chaussée, près de la cuisine et du salon, logeaient Hadja, Zohra et Rachid-le-chouchou en raison de sa patte fragile. Au premier étage, auquel on accédait par un escalier de marbre, un escalier de roi, se succédaient les chambres de Ramdan et de Moussa, ainsi que celle de Saleh et de sa jeune épouse dont le ventre s'arrondissait ; le berceau s'y préparait.

Une chambre avait été réservée à la cousine préférée de Zohra, et celle-ci avait, bien sûr, choisi la pièce qui donnait sur la merveille des merveilles, la vaste et luxueuse salle de bains.

La « fille gâtée » en a fait les honneurs à Malek en déclenchant les grandes eaux dans la baignoire d'émail blanc à pattes de lion. Et, se souvenant d'un instant de pur bonheur lorsque, chez Amadi, à travers une vitre embuée, il avait découvert la beauté des femmes, l'adolescent a senti flamber ses joues.

Au second étage, qui serait un jour peuplé de cris d'enfants, se trouvait la chambre des garçons. Sur une étagère, à côté du lit de Malek, s'alignaient ses précieux livres tandis que, devant la fenêtre donnant sur le jardin, un bureau tout neuf, équipé d'une « lampe-pigeon », attendait le lycéen. Lorsque la nuit, lui prendrait l'envie de lire ou d'écrire, il n'aurait qu'à s'installer sur cette chaise paillée et à appuyer sur un bouton. Il eut du mal à retenir ses larmes.

De bonnes odeurs montent de la cuisine où le dîner se prépare. La famille s'est rassemblée au salon autour de la cheminée. Malek sort fièrement son carnet.

Ses meilleures notes sont en français et en dessin. Très bonnes en sciences, histoire et géographie, un peu moins en mathématiques. Les remarques de ses professeurs sont élogieuses, le directeur a conclu par un « Malek ira loin » qui l'a projeté au ciel. Les oncles se transmettent gaiement le carnet, se lançant les bonnes notes à voix haute. Le visage de Zohra brille de fierté ; nul doute qu'elle se les fera répéter jusqu'à les savoir par cœur.

– En somme, ça va ! résume Saleh, satisfait, rendant son bien au lycéen.

Et déjà ils passent à autre chose : la vie qui change en ville, ceux qui s'en vont, ceux qui reviennent, le prix des différentes denrées, les démêlés d'Amadi avec Djami.

Qu'espérait Malek pour éprouver une telle déception ?

« En somme, ça va ! »

Les efforts qu'ont réclamés, jour après jour, ses

bons résultats, les moments de doute, la tentation, parfois, de baisser les bras, le navigateur solitaire cherchant refuge sous la voile du drap dans l'océan gris de la vie de pensionnaire, tout cela, ils n'ont pas su le lire dans son carnet : la lecture superficielle de ses notes leur a suffi.

Bien sûr, Malek pourrait les interrompre, chercher à aller plus profondément avec eux dans la lutte quotidienne qui est la sienne, mais une voix lui souffle que ce serait peine perdue. « Tes parents habitent donc si loin ? »

Si loin ! Eux n'ont jamais été coupés de leurs racines. Jamais la sonnerie d'une pension ne leur a crié : « Avance si tu veux t'en sortir. » Ils ont appris leur métier au fil des jours, entourés par la chaleur d'une famille. Malek vit désormais dans un autre univers, un univers où le savoir a autant de prix que le pain, où on lit et on écrit comme on se bat, avec rage et passion, tout simplement pour vivre.

« Malek ira loin. »

Et plus il avancera, plus il s'éloignera de ces oncles qu'il aime tant. Peine perdue. Peine à garder pour lui.

« Le repas est prêt », vient d'annoncer Hadja, les joues empourprées par la chaleur des fourneaux.

Comme tous se lèvent dans un joyeux brouhaha, voilà que, parmi les nombreux objets qui encombrent la table de la cheminée, Malek remarque une enveloppe. Avant même de s'en saisir, il sait qu'elle vient d'Oran : la réponse tant attendue à son poème.

Soudain glacé, il découvre que l'enveloppe a été ouverte. La lettre qu'elle contenait a été lue et relue, comme en témoignent les taches de graisse sur le papier froissé.

Dans son dos, des chuchotements masculins, ponctués par les gloussements de Daloula, que pour la première fois il déteste, le lui confirment.

– Alors, elle s'appelle Kenza ? interroge Saleh avec gourmandise.

La colère déferle dans la poitrine de Malek : là, ses oncles voudraient bien en savoir davantage ! Les premières amours de leur neveu, voilà qui les intéresse.

Il leur fait face.

– C'était MA lettre, crie-t-il. Vous n'aviez pas le droit de la lire. Si mon père était encore là, il vous l'aurait interdit.

L'incrédulité se peint sur les visages : une famille n'est-elle pas faite pour tout partager ? Sur le pas de la porte, Hadja fixe son petit-fils d'un air peiné, Daloula se tait. Zohra a détourné les yeux.

Malek s'enfuit.

Assis à son bureau, à la lumière de la « lampe-pigeon », il lit la réponse à son poème.

Cher Malek...

Une autre déception serre sa gorge. Ce n'est pas la voix de Kenza qu'il entend dans les mots impersonnels qui courent sur le papier, mais celle de l'étranger qui a répondu pour elle. La brûlure du soleil, la caresse des vagues, le turquoise du collier sont éteints, remplacés par un avertissement à peine déguisé : « Inutile d'écrire à nouveau, tu ne recevras pas de réponse. »

La porte de la cage a été refermée sur la mouette rieuse.

« Elle s'appelle Kenza ? »

Ceux qui lui ont volé sa lettre n'ont même pas su lire que la voix était bâillonnée.

Les larmes de Malek coulent tandis qu'il déchire la réponse meurtrière et la jette à la corbeille. Adieu Kenza ! En bas de l'escalier de marbre, montant de la cuisine éclairée par des rampes de néon rose, tandis que sur l'évier deux beaux robinets prodiguent eau chaude et eau froide, lui parviennent les voix de ses oncles. Que lui importe ce « confort » dont ils sont si fiers, s'ils ignorent ses efforts et s'amusent de ses sentiments ?

Puis son regard se porte sur l'étagère qu'ils ont, avec amour, fabriquée pour lui et sur laquelle ils ont aligné des livres qu'ils n'auront jamais le bonheur de lire. Il voit leurs mains durcies par le travail manuel, il sent la chaleur du blouson que Ramdan a posé sur ses épaules, il se souvient du moment où ils ont prononcé les mots les plus précieux pour lui : « Tu es chez toi. »

Alors il essuie ses yeux et se lève. Il descend à la cuisine et bredouille un « pardon » qui ramène les sourires sur les visages, avant de prendre la place qu'on lui a gardée à table.

Grandir, c'est sans doute aussi savoir pardonner les blessures qui vous sont faites par inadvertance et dont on est le seul à pouvoir mesurer la profondeur.

19

Un poème déchiré

Il avait entendu dire que certains chrétiens habillaient leurs jeunes enfants de bleu pour les vouer à Marie, mère de Jésus, leur dieu.

Lorsque Zohra, peu avant sa naissance, était descendue à la plage et qu'elle avait plaqué sa main sur le sable, doigts écartés, pour lui porter bonheur, n'avait-elle pas, en quelque sorte, voué Malek à la mer ?

La mer bleu tendre à Skikda, bleu orage au centre, bleu pailleté de joie à Collo.

Sur la mappemonde du lycée, il avait découvert toute la place qu'y tenaient les océans, portant sur leurs poitrines de fragiles étendues de terre, fruits de leur mariage avec le ciel, les enlaçant de leurs bras liquides, tantôt tièdes, tantôt glacés, les submergeant parfois de leurs colères.

Lorsque le professeur de sciences avait appris aux lycéens que c'était sans doute dans les profondeurs de la mer que la vie avait commencé, certains avaient ri. Malek n'avait pas été étonné : mer-mère.

Et ce matin, foulant ses ourlets blancs pour aller

chercher Tayeb au centre, il se demande s'il sera un jour capable de vivre loin d'elle.

Ses oncles souhaitaient l'accompagner, il a refusé. Et qu'ils n'aient pas osé insister après sa colère de la veille lui pince le cœur. Oui, grandir, s'affranchir de l'autorité, est un deuil de plus.

Le vent s'est adouci, il lui lance au visage des odeurs de sel, d'iode et de lichen dont il s'emplit comme de celles d'un nid. Tayeb l'attend devant le porche, sautillant pour se réchauffer.

Dès qu'il voit son frère, il se précipite.

– Soltan a été puni. Il est privé de sortie !

– Mais pourquoi ? Qu'est-ce qu'il a fait ?

– Il lit la nuit dans le dortoir. Le directeur lui a confisqué ses livres.

Le Sadique n'a pas été long à comprendre par quel chemin son souffre-douleur risquait de lui échapper. Angoisse et colère soulèvent le cœur de Malek. Que faire pour l'aider ?

Tayeb laisse fuser un petit rire.

– Pas de souci ! Je lui prête mes livres à moi, chuchote-t-il comme s'il risquait d'être entendu.

Alors Malek le jette dans le sable, l'y roule, s'y enroule avec lui, déclenchant rires et protestations de chiot. C'est bien, petit frère, tu prends le relais !

Le petit n'a pas été étonné lorsque le grand l'a entraîné vers la maison du Boiteux, à quelques pas de l'école, fermée ce dimanche.

De sa fenêtre, El-Ayeb les a vus arriver et, lorsqu'il les a embrassés, le bonheur creusait plus encore les rides sur son visage écorché par les années et les vents marins.

Une fois les bols emplis de lait chaud et ouverte la boîte de biscuits, il s'est tourné vers son lycéen et lui a demandé d'une voix faussement sévère :

– Tu m'as apporté ton carnet, j'espère !

Depuis la veille, Malek n'avait attendu que ce moment !

Chaque note a été longuement commentée. Derrière chaque appréciation, le professeur a su lire l'effort, le doute, les dents serrées, les sourires de victoire. Silencieux, Tayeb en prenait de la graine : dans deux ans, ne serait-ce pas à son tour d'entrer au lycée et de venir récolter les compliments du maître ?

Après avoir refermé le carnet, l'instituteur s'est tourné vers la plage et a regardé son école. Dans la fragile ruche faite de quatre planches, il a entendu bourdonner les mots. Il a vu les rayons garnis de miel, celui qui ouvre à de jeunes apprentis de la vie un avenir plus large, plus riche. Puis son regard exigeant est revenu vers Malek.

– Tu n'a pas fini de te battre, mon garçon. Mais, un jour, tu mériteras ton nom.

« Seigneur ».

Et un bonheur trop grand a étouffé l'élève.

– J'ai un ami à te confier, est-il parvenu à dire plus tard.

Tayeb avait déblayé le chemin en parlant de Soltan à El-Ayeb. Celui-ci n'ignorait rien de la cruauté du directeur du centre et voilà longtemps qu'il bataillait pour qu'il soit remplacé, en dénonçant aux autorités son comportement. Il a promis à Malek de mettre dans le cartable de Tayeb les livres nécessaires à l'instruction de son ami, auxquels il ajouterait des devoirs à faire et des leçons à apprendre.

Sur le pas de sa porte, le Boiteux regarde s'éloigner les frères, et sa poitrine s'alourdit. Nul ne l'a inquiété durant la guerre d'indépendance : l'école est un sanctuaire, s'occuper des enfants est sacré. Mais, de plus en plus, la langue arabe monte en puissance. Combien de temps reste-t-il à l'enseignant français pour être, dans la petite école battue par la tempête du changement, maître à bord ?

Une surprise attendait les garçons à la maison : Kaera, la tante d'Alger, venue passer la journée avec eux.

« Si mon père était là... » avait crié Malek la veille.

Il était là dans les yeux étonnamment bleus de la sœur de Hocine.

Comme Malek, Tayeb a eu droit à la visite guidée de la belle villa, qu'il a exécutée sans lâcher la main de Zohra.

« C'est quand, “bientôt” ? »

Son visage illuminé semblait dire que « bientôt » avait fait place à « aujourd'hui ».

Kaera a sorti son porte-monnaie en résille d'or d'entre ses seins et elle s'est montrée généreuse. L'enfant à venir de Saleh a lui aussi reçu sa part.

La famille a partagé les galettes et les crêpes, le makroud aux dattes, les cigares à la pistache, les neigeuses cornes de gazelle et, apportée d'Alger, la tamina, gâteau des goûters de l'enfance, à base de farine grillée parfumée au miel. On a bu la limonade, le lait à la fleur d'oranger, le thé à la menthe. Les rires ont empli la maison.

La nuit était tombée, des fenêtres du salon on pouvait voir clignoter les lumières de la ville. Autour de la radio, son mis au maximum, tous écoutaient un air de malouf, musique traditionnelle de la région, dont le Constantinois Cheik Raymond était l'un des plus célèbres représentants. On parlait aussi d'Oum Kalsoum, la diva égyptienne. Et sur cette voix de velours, Daloula se trémoussait en prenant des airs pâmés, lorsque la porte du salon s'est ouverte et que Mahmoud est apparu.

Le visage du jeune garçon était sombre. La pluie coulait de ses cheveux dans ses yeux. Daloula a cessé de danser, tous se sont levés.

– Entre, Mahmoud, l'a prié Zohra.

Mahmoud a fait quelques pas dans la pièce. Il a regardé le feu, l'entente, le bonheur, et il a courbé les épaules avec un gros soupir.

Certes, le « Petit Aïd » avait été également fêté chez lui. Pâtisseries et boissons avaient été servies à foison, mais, depuis le départ de Hadja et des siens, la joie avait déserté la maison. N'y régnaient plus que les récriminations de Djami, les chamailleries des filles désœuvrées, le silence d'Amadi.

Malek est venu prendre sa main.

– Grand-père est malheureux, lui a murmuré Mahmoud. Il te demande.

Malek l'a suivi.

Au fond de son royal fauteuil, le Coran entre les mains, Amadi est seul dans la grande pièce où tant de fêtes réunissant les deux familles ont eu lieu. Est-il possible qu'en quelques semaines il ait autant vieilli ?

Plus que la moustache grisonnante, le crâne marqué de fleurs brunes, c'est le regard qui frappe Malek : celui d'un homme dépossédé.

Un douloureux sentiment de pitié l'envahit : plaindre celui que l'on a admiré, c'est une statue qui se brise, le monde qui se fragilise.

Voyant s'avancer vers lui, main dans la main, le petit-fils de sa première épouse et le fils de la seconde, le visage d'Amadi s'éclaire. Il leur ouvre les bras et les retient longuement contre sa poitrine qui se soulève, avant de s'adresser à Malek.

– Mahmoud m'a dit que tu travaillais bien au lycée ?

– Lui aussi travaille bien. Nous sommes amis.

Au mot « ami », un sourire entr'ouvre les lèvres du grand-père, qui pose ses mains sur la tête des deux enfants comme pour bénir le lien qui subsiste entre les deux familles.

Mais voici que la porte s'ouvre. Un instant, le regard d'Amadi s'alerte : Djami ? Non. C'est Zohra et ses frères qui apparaissent.

La lumière envahissant le visage délivré du patriarche est si belle que Malek voudrait en faire un poème. Mais, lorsque, pour accueillir les enfants de Hadja, celui-ci peine à s'arracher du trône que se disputaient autrefois les enfants, c'est comme un poème déchiré.

20

Une reine à conquérir

« Elle marche sans pieds, respire sans poumons, creuse sans fin, tue sans armes, engloutit l'étourdi, qui est-ce ? demande le géant farceur du conte à Sindbad le marin.

– La mer », répond celui-ci, et le géant le laisse aller.

La mer que l'on prend et qui vous prend, qui vous berce ou vous malmène, et porte en elle la vie et la mort.

« Tu n'as pas fini de te battre », a dit le Boiteux à Malek.

Durant les quatre années de collège qui vont le mener à l'étape importante du brevet, le marin creusera vaille que vaille son sillon dans la mer. Avec des moments de houle ou de morte-eau, mais aussi de brèves escales ensoleillées dans les îlots de bonheur de sa famille, à l'occasion de fêtes : naissances et mariages divers.

L'été, lors d'une colonie, il découvrira Bône, aujourd'hui Annaba, l'ancienne cité romaine, la ville de saint Augustin, grand maître du christianisme, reconnu par l'Algérie comme l'un de ses fils.

Dans la basilique toute de marbre et de granit lumineux, édifiée sur les vestiges d'un temple dédié par les Romains à l'une de leurs divinités, proche de Saturne, s'inclinant devant le coffre berbère servant d'autel, il sentira passer le souffle de Dieu. Ce sera là l'une de ces rencontres qui pèsent sur un destin.

Qu'il s'appelle Allah ou Jésus, Malek associera toujours Son nom à la beauté, la paix et à la lumière fraternelle plutôt qu'à la nuit.

Trois années durant lesquelles le jeune voyageur accomplira des pas importants vers les autres et vers lui-même.

Notamment grâce à Didouche.

L'admirateur béat de Malek s'est mis en tête de l'inviter chez lui. Avocat réputé de la ville, son père a obtenu l'autorisation du directeur. Et ce dimanche matin, prenant place dans la rutilante Citroën venue le chercher aux portes du lycée sous l'œil envieux des internes, Malek s'est souvenu de la belle voiture d'Amadi, conduite par Saleh, qui les menait au centre, Tayeb et lui. Et, durant un instant, il a éprouvé l'amère douceur d'une revanche.

Les parents de « Didi » l'ont accueilli avec chaleur. Les gloussements et chuchotis de ses jeunes sœurs ne l'ont pas dépaysé : décidément, les filles sont partout les mêmes. Le luxe de la maison l'a subjugué.

Le luxe, Malek l'a connu au temps de la splendeur d'Amadi : les plus précieux tapis, les coffres pleins à ras bord, les fêtes somptueuses de l'Aïd où le mouton était livré par le meilleur éleveur de la région. Une abondance de biens qui renaissait chaque printemps sur les collines et dans les champs comme un don de Dieu et dont on avait l'impression qu'elle ne cesserait qu'avec la fin du monde.

Le luxe qui règne chez Didouche est d'une autre nature. Il raconte le passé tout au long des murs blancs peuplés de toiles de maîtres dont la lumière secrète semble retenir le temps. Il court dans les rayonnages de la bibliothèque emplie de livres reliés, aux senteurs de cuir et d'encre. Il retient la musique des rois dans le piano noir au ventre doré sur lequel les fillettes appliquées vont interpréter pour lui Mozart à quatre mains. Et ce luxe-là, qui nourrit l'esprit et porte sa part d'éternité, quand bien même on retirerait tous ses biens à la famille de son ami, il lui resterait.

Durant le déjeuner, servi à la salle à manger par Ali, discret domestique au saroual immaculé, le père de Didi a longuement interrogé Malek sur la vie au collège. Il lui a manifesté sa reconnaissance pour l'aide apportée à son fils dans son travail. Car être né dans les draps du savoir, avoir été nourri de beauté en même temps que de lait, n'a pas donné pour autant au fils de l'avocat le goût de cultiver son esprit.

La mère de celui-ci s'est étonnée.

– Il paraît que ta famille vit à Constantine. Comment se fait-il que tu ne sois pas au lycée là-bas ?

C'est alors que les mots de la honte que, jusque-là, Malek avait enfouis en lui sont venus spontanément à ses lèvres.

– À la vérité, ma famille ne vit pas à Constantine, mais à Skikda.

À la stupéfaction de Didouche, il a raconté la tragique disparition de son père, la fortune et l'infortune d'Amadi, son placement au centre avec Tayeb, et soudain, c'est drôle, une immense faim est montée de son estomac dénoué et, sous les yeux ravis de son ami, il s'est gavé de crème au lait et à la vanille comme si, d'une certaine façon, il venait de se réconcilier avec lui-même.

Le repas terminé, l'avocat l'a mené dans son bureau et, d'un geste ample, il lui a montré les livres.

– Tu trouveras ici des auteurs de tous pays. Sers-toi et saches que tu seras toujours le bienvenu chez nous.

Désormais, Jules Verne, Alexandre Dumas, mais aussi Verlaine, Rimbaud, Baudelaire, bien d'autres, feront partie des voyages nocturnes du marin.

Malek entrait en quatrième quand Tayeb, âgé de quatorze ans, l'a rejoint au lycée. Il avait beaucoup grandi et pris de l'assurance. Son visage s'était affiné, ses beaux yeux bleus continuaient d'exercer leurs ravages. Didouche se léchait les lèvres en déclarant qu'ils ressemblaient à des bonbons à la menthe : ses préférés.

Les nouvelles du centre étaient excellentes. Grâce à l'acharnement du Boiteux, un directeur plus tolérant avait remplacé le Sadique. Soltan fréquentait l'école, où il accomplissait des progrès stupéfiants. Le savoir non comme un dû, mais comme une chance inespérée à arracher à la vie.

Mahmoud, Malek, Didouche... Avec l'arrivée de Tayeb, les trois mousquetaires sont, comme il se doit, devenus quatre.

Ne manque à leur bonheur que des princesses au service desquelles mettre leur épée et leur cœur. Ils vont les découvrir à la bibliothèque de la ville, où, chaque semaine, descendent les filles du lycée d'en face.

La bibliothèque est le seul espace de liberté où les adolescentes échappent à la surveillance de leur famille, aussi est-ce celles-ci qui se montrent les plus entreprenantes, faisant davantage les yeux doux aux lycéens qu'à la littérature.

L'une est différente. Très belle, réservée, voire hautaine, elle se tient à l'écart des garçons, n'hésitant pas à les traiter de « balourds », leur préférant la compagnie de ses amies.

Malek-d'Artagnan attendait une reine à servir, la voici !

Elle s'appelle Nora, qui veut dire « lumière ». Elle se targue de ne lire que les « grands auteurs ». Son père est haut fonctionnaire. Nul doute que, chez elle, règne le même luxe que chez Didouche.

Beau garçon, serviable, volontiers protecteur, Malek plaît aux filles, elles le lui manifestent par des rires « à la Daloula » et de brûlantes promesses dans leur regard. Aussi est-ce sans timidité qu'il a abordé Nora, mais son regard à elle est resté froid. Elle lui a fait comprendre qu'il ne l'intéressait pas, n'en devenant ainsi que plus précieuse à ses yeux : lui, Malek-seigneur, Nora, reine à conquérir.

Depuis, dans le dortoir où son corps d'adolescent réclame, le marin a cessé de parcourir les mers. Il a jeté l'ancre au pied d'un château et cherche les moyens de gagner le cœur de sa belle.

Eurêka, il a trouvé ! Il deviendra lui-même l'un des auteurs fameux qu'elle prise tant. Les meilleures notes de Malek ne sont-elles pas en français ? Ses devoirs ne sont-ils pas régulièrement lus en classe ?

En attendant le jour où son nom ornera la couverture d'un livre, il a décidé de lui écrire un poème.

Depuis les vers maladroits, enfantins, qu'il avait envoyés à Kenza, il a fréquenté, grâce au père de Didouche, les plus grands poètes et, cette fois, au moins est-il certain que Nora le lira elle-même et que, si elle daigne lui répondre, ce sera de sa main.

À mi-voix, pour que le message passe plus fort, il a exprimé dans son poème ses blessures et ses rêves, l'espoir qui le porte, le vent qui l'emporte. Il lui est arrivé, l'innocent, de mouiller sa page de larmes.

Son chef-d'œuvre achevé, il l'a glissé dans une enveloppe qu'il a remise à Nora à la bibliothèque. Et comme elle le regardait, étonnée, pris d'une soudaine timidité, lui qui ne l'est guère, il s'est enfui. Ah, comme les femmes s'y entendent pour désarmer les mousquetaires !

Durant la longue semaine précédant la rencontre suivante, Malek ne vit plus. Il passe de l'exaltation – Nora a su voir son vrai visage, elle vient vers lui : « Pardon Malek, je ne savais pas » – au doute et à l'abattement : ses vers ne lui ont pas plu. Pire, elle va l'accuser de plagiat.

Et les revoici enfin au royaume des livres. L'heure de la vérité a sonné. Quand Nora se dirige vers lui, Malek ne respire plus. Elle lui rend son enveloppe.

– Pas mal, concède-t-elle. J'ai corrigé quelques fautes.

Et, déjà, elle lui tourne le dos et d'un pas nonchalant rejoint ses amies. Perçoit-il des rires ?

« Pas mal »...

« En somme, ça va »...

Pas plus que ses oncles pour son carnet, Nora n'a su voir qui il était. Elle a gardé son bandeau sur les yeux.

Sans se douter qu'un jour, dans la folle partie de colin-maillard de la vie, elle le regrettera.

21

Perdican

C'est l'importante année du brevet : la troisième. Après celle-ci, de nombreux adolescents, diplôme ou non en poche, cesseront leurs études pour apprendre un métier, bien souvent celui de leur père ou d'un proche.

Au lycée des filles, on sera encore moins nombreux à poursuivre. Le baccalauréat ? Pour quoi faire ? Au moins n'auront-elles plus besoin de personne pour lire, écrire et compter à leur place.

Une majorité d'enseignants viennent à présent de pays frères : Syrie, Liban, Égypte. Émerveillé, Malek découvre la riche civilisation qui est la sienne et dont la poésie, qu'il aime tant, irrigue abondamment les racines. Peu à peu, les élèves deviennent bilingues.

En ce jour de rentrée, un joyeux brouhaha règne dans la classe où, sous l'œil indulgent du surveillant, les amis se retrouvent et se racontent leurs vacances, lorsque le directeur apparaît, accompagné d'un tout jeune homme au fin visage et au regard ardent.

Comme la plupart des maîtres – on les appelle aussi

« cheikh » –, il est vêtu à l'occidentale, mais, à la cravate ou au nœud papillon, il a préféré le cordon de cuir lâche « à la cow-boy ».

– Il ne lui manque que le chapeau, glisse malicieusement Didouche à l'oreille de Malek qu'il a, bien sûr, choisi comme voisin.

– Je vous présente M. Abdelwaheb, annonce le directeur. Il nous vient d'Égypte. Nous sommes heureux et fiers de l'accueillir dans notre établissement. Il sera votre professeur principal ainsi que celui d'arabe.

Professeur principal ? Si jeune ?

Le directeur reparti, les élèves reprennent place sur les bancs. Abdelwaheb commence par leur parler du programme, qui, l'espère-t-il, les mènera tous à obtenir leur brevet. Certains élèves bâillent déjà. Lorsque le cheikh se lève et descend de l'estrade, l'attention revient. Son regard parcourt les rangs, s'arrête un instant sur chacun, un regard éclairé par une flamme de défi que Malek croit reconnaître.

– Certains d'entre vous s'intéressent-ils au théâtre ? lance-t-il de but en blanc.

La même bourrasque qui, un jour de rentrée à l'école primaire, avait propulsé Malek au tableau pour y dessiner son oiseau le soulève. Il crie :

– Moi, maître !

Un rire court dans la classe. Il redouble lorsque, dans la foulée, Mahmoud et Didouche lèvent la main : on n'en attendait pas moins des trois mousquetaires.

– Eh bien, voilà un bon début ! constate le maître avec humour.

Lorsqu'il apprend à ses élèves qu'il a l'intention de monter une pièce à laquelle participeront les filles du lycée voisin, toute la classe se porte volontaire. Mais quand il ajoute que les répétitions seront prises sur les jours de congé et qu'en aucun cas le théâtre ne devra être prétexte à négliger le travail, un certain nombre de mains retombent.

Enfin, il révèle aux lycéens le nom de la pièce choisie : *On ne badine pas avec l'amour*, du poète Alfred de Musset.

Puis il retourne à son bureau : assez « badiné », il est temps de sortir livres et cahiers.

Malek exulte. Après la lecture et le cinéma, le théâtre est sa passion. Chez le père de Didouche, ainsi qu'à la bibliothèque, il a découvert de nombreux auteurs français ou étrangers et s'est identifié à leurs héros. Tour à tour, il a été Siegfried, Roméo, Tristan, Don Quichotte, bien d'autres. Il a partagé leur ardeur, leurs souffrances et leurs combats.

Le soir même, il dévore la pièce d'Alfred de Musset et une fièvre s'empare de lui, proche de la douleur. C'est le rôle du héros qu'il lui faut : Perdican.

Perdican a vingt et un ans, il est fils de baron et doit épouser la belle Camille, sa cousine. Celle-ci le repousse, badine avec son cœur : un jour oui, un jour non. La victime de l'histoire sera Rosette, sœur de lait du héros, elle sincèrement éprise de celui-ci, qui mourra d'avoir cru à un conte de fées.

Cette histoire ne ressemble-t-elle pas à celle que vit Malek avec Nora ? Nora qui rejette les garçons et veut ignorer son amour ?

Si Malek obtient le rôle, il pourra exprimer à voix

haute les sentiments qu'il lui porte et peut-être ainsi gagner son cœur.

– Cheikh, s'il vous plaît, je dois être Perdican.

Durant la récréation, il est allé se planter devant Abdelwaheb. Celui-ci sourit devant la fougue du candidat.

– Pourquoi y tiens-tu tellement ?

– Perdican, c'est moi, avoue Malek, la gorge soudain nouée.

Sous le regard perplexe et jaloux des lycéens, l'enseignant passe le bras autour des épaules de son élève et ils entament un tour de cour.

– Si tu as bien lu la pièce, tu n'ignores pas que Perdican est loin d'être parfait, remarque le maître. Il se montre égoïste. En laissant croire à la pauvre Rosette qu'il l'aime et lui préférant finalement Camille, ne provoque-t-il pas sa mort ?

– Mais il ne la voulait pas ! C'est Camille, en jouant avec le cœur de Perdican, qui en est la cause, proteste Malek. Perdican souffre, c'est tout.

« Perdican souffre »... La voix de Malek s'est cassée. S'il ne détournait pas les yeux, il verrait dans ceux d'Abdelwaheb passer un éclair de compréhension.

– Admettons que tu aies le rôle, sauras-tu y mettre toutes les nuances du personnage ? Devenir lui tout en restant toi-même ?

– Donnez-moi ma chance, supplie Malek.

– À une condition.

– J'accepte.

L'Égyptien sourit.

– Que Perdican ait son brevet.

– Il l'aura.

Les rôles ont été distribués. Didouche a étonné tout le monde en réclamant celui du replet et gourmand Maître Blazius, ecclésiastique et précepteur de Perdican. Didouche le fainéant, précepteur de Malek, un comble ! Il s'est engagé à prendre quelques kilos supplémentaires si nécessaire. Devant tant de bonne volonté, Abdelwaheb a ri... et s'est incliné.

Le timide Mahmoud a préféré, lui, faire partie du chœur des villageois, digne assemblée de vieillards qui, tout au long de la pièce, permet au public de suivre l'action en la lui commentant.

Tayeb enrage de ne pas participer au spectacle, mais seules les troisièmes des deux lycées ont été retenues.

Comment, un seul instant, Malek a-t-il pu rêver que Nora accepterait un rôle ? Pourquoi pas celui de Camille pendant qu'il y était ! Pas question pour elle de se donner en spectacle. Ce sont deux de ses amies, Houria et Warda, qui interpréteront Camille et Rosette. Puisqu'il est question de « hasard », on peut dire qu'il fait bien les choses. Le nom de Houria signifie l'« indépendante », celui de Warda, la « fleur ».

La pièce se donnera le 4 juillet, début des grandes vacances, au théâtre de Skikda, magnifique salle à l'italienne toute en dorures et en encorbellements, devant les élèves des classes concernées et les familles des acteurs. Seront également présentes des personnalités de la ville. Quel émoi !

En quelques jours, Malek a appris son rôle par cœur. Il a également étudié celui de ses partenaires. Désormais, chaque nuit, sous la voile du drap, c'est Perdican qui parle, crie, supplie, espère, salué par une tempête d'applaudissements.

Il lui arrive de quitter discrètement le dortoir, de longer les couloirs jusqu'au petit appartement qu'occupe Abdelwaheb. Quelle que soit l'heure, sous la porte de celui-ci filtre un rai de lumière. Parfois, les accents d'une musique mélancolique dont Malek devine qu'elle vient d'Égypte lui parviennent. Que s'est-il passé dans son pays pour qu'il l'ait quitté et s'installe seul, sans famille ni amis, à Skikda ? D'où vient, sur son visage, cette ardeur presque excessive qui semble trahir une souffrance ?

Il semble à Malek avoir trouvé en son professeur le grand frère qui lui manquait. S'il osait frapper à sa porte, il lui dirait que, grâce à lui, jamais les ailes de l'oiseau n'ont battu si fort.

22

Le jardin du bonheur

Une vague rose s'est répandue sur Skikda et ses environs : la fraise. La plus ronde, la plus juteuse d'Algérie.

Dans les rues de la ville, la brise venue de la mer mêle avec malice les odeurs de sucre aux parfums des épices, elle rend la musique plus voluptueuse et ajoute aux jupes des femmes un chatoiement supplémentaire.

C'est le printemps.

Le fruit du savoir a également mûri dans la tête de Malek qui a tenu la promesse faite à son professeur : ses notes sont excellentes, nul doute qu'il obtiendra son brevet. Tandis qu'il étudiait, ce n'étaient plus les sonneries qui le rappelaient à l'ordre, mais le savant Perdican, docteur à la faculté, qui, penché sur son épaule, prenait le relais : « Avance si tu veux t'en sortir. »

Conquérir Nora ?

Jamais la jeune fille ne lui a semblé aussi belle et désirable. Assurée comme lui d'obtenir son brevet, elle a décidé de passer son bac et de devenir enseignante, suivant un chemin tout tracé par sa naissance et sa famille.

Malek continue, lui, à creuser seul son sillon, sous un ciel qui peu à peu s'éclaire.

Du côté de Mahmoud et de Didouche, les résultats sont médiocres. Peu leur importe ! L'un comme l'autre étouffent à l'école et ont hâte de la quitter. Mahmoud rêve d'aider Hassan, son frère aîné, à gérer la demeure d'Amadi et les quelques terres qui lui restent. Il ne sera pas de trop, le patriarche ayant dû remercier la plupart de ses contremaîtres, à moins que ceux-ci n'en soient eux-mêmes devenus propriétaires.

À quoi rêve Didouche ? Certainement pas à seconder un jour son père avocat. Il ne pense pour l'instant qu'à son rôle dans la pièce de Musset, où il a créé la surprise par son talent. Naturellement gourmand et facétieux, il suffit que le rond et rose curé, précepteur de Perdican, apparaisse pour que les rires explosent. Pour un peu, il volerait la vedette à Malek.

Venues du lycée voisin, les deux adolescentes qui interpréteront Camille, fille de baron, et Rosette, la paysanne, sont, elles aussi, excellentes. Houria joue à merveille les prudes et les dédaigneuses, Warda se montre naïve et généreuse à souhait. Parfois, elle rappelle Kenza à Malek. Est-il possible que trois années se soient déjà écoulées depuis leur rencontre à Collo ? Qu'est devenue sa « mouette rieuse » ?

Les répétitions ont lieu à la bibliothèque, dans une salle prêtée par celle-ci. La confection des costumes a été confiée à la famille des acteurs à partir de modèles fournis par le maître, qui se montre un remarquable metteur en scène. Il arrive à Malek de se demander si, en Égypte, Abdelwaheb ne travaillait pas dans le spectacle.

Hadja et Zohra se sont attelées à la tâche avec bonheur. Dans son habit de jeune seigneur qui peu à peu prend forme, Malek se trouve... irrésistible.

Mi-juin. Le titre de la pièce et le nom de son auteur ont commencé à clignoter au fronton du théâtre. Les places ont été prises d'assaut. Ceux qui n'en ont pas obtenu pourront quand même assister au spectacle, à condition de rester debout.

Quelques jours avant celui-ci, une répétition a été prévue dans la salle où le décor est monté. Répétition en costume devant un public formé par les élèves et leurs professeurs. Malek compte les jours. Il va enfin pouvoir prouver à Nora qu'il n'est pas le « balourd » qu'elle croit et qu'il mérite d'être aimé.

Mais, à la bibliothèque, la veille de la répétition, la jeune fille lui annonce qu'elle n'y assistera pas :

– Il faut que je révise mon brevet. Et, de toute façon, ajoute-t-elle devant Malek pétrifié, il n'est pas certain que je sois encore à Skikda le jour du spectacle. Mon père est nommé à la Direction régionale d'Oran. Nous allons déménager très vite.

Malek ne tente pas de la faire changer d'avis. Supplier n'est pas son genre. Il se contente, tandis que sa reine s'éloigne sans se retourner, de sentir une fois de plus s'évanouir en lui une chimère.

S'il en était capable, il rirait : Oran, la ville où habite Kenza !

La répétition a eu lieu. Toute la classe de Nora, hormis celle-ci, était présente. Elle ne l'a donc pas découvert dans son beau costume. Elle n'a pas entendu les applaudissements qui ont salué chacune de ses apparitions. Elle n'a pas vu le regard énamouré que son amie Warda posait sur lui. Car Warda-Rosette, elle, ne se cache pas de le trouver à son goût.

Perdican blessé, Perdican criant en vain son amour, Perdican-Malek a triomphé en versant de vraies larmes.

Mais, sitôt la pièce terminée, sans songer à se changer, il s'est enfui du théâtre.

Il est six heures, ce samedi de printemps. Le bleu du ciel se teinte de velours, le rideau est tombé sur un rêve d'amour. Sous le regard indifférent de la foule qui se presse dans les rues, savourant la douceur embaumée d'un début de soirée, un jeune homme en habit de seigneur erre telle une âme en peine.

Où aller sinon vers sa maison ? SA maison ? Allons, encore un rêve ! Depuis le jour où l'oncle Saleh a conduit Malek au centre et qu'il n'a plus partagé le quotidien de sa famille, il sait bien qu'il n'a plus de chez-lui.

Devant la porte de la belle villa, il hésite. « Petite Rose » n'aura qu'à croiser son regard pour y lire son désespoir. Celle qui l'appelle si tendrement « soleil de mon cœur » va s'inquiéter, l'obliger à s'expliquer. Il ne s'en sent pas la force, aussi fait-il le tour du bâtiment pour entrer par la porte de derrière, dans le jardin de Hadja.

Ainsi appelle-t-on le morceau de terrain planté d'arbres fruitiers, semé de légumes et de fleurs, où, depuis qu'elle a quitté la demeure d'Amadi, la grand-mère de Malek passe l'essentiel de ses journées dans le long caftan noir qu'elle porte tel un habit de deuil.

Elle élève également quelques lapins auxquels, le

nez dans leur soyeuse fourrure, elle fait de longues confidences. Comme Malek en faisait à Sindbad, ou Tayeb à son chamelou ?

Il n'y a pas d'âge pour se sentir abandonné.

Hadja n'est jamais retournée chez Amadi, mais, un après-midi, celui-ci est venu la voir. Ils sont restés longtemps côte à côte à l'ombre du figuier et, lorsque le patriarche est reparti, chacun a pu remarquer qu'il se tenait plus droit et qu'un soupçon de paix était revenu sur le visage de sa première épouse.

Elle est bien là, courbée sur son plan de fraises, un panier à ses pieds. Elle n'a pas vu entrer Malek. Sans bruit, celui-ci se laisse glisser le long du mur, s'accroupit contre la pierre rugueuse, et, tandis qu'il regarde sa grand-mère travailler, dans la lumière qui s'adoucit, s'adoucit aussi sa peine.

De la cuisine, dont la porte est entr'ouverte, montent les bonnes odeurs du dîner qui se prépare. Des voix de femmes lui parviennent. Il reconnaît celle de sa mère.

« Mange si tu veux grandir. »

Il y a des moments où l'on n'est plus sûr de vouloir grandir.

Bientôt, il sera sept heures. Bientôt, la sonnerie du lycée appellera les internes au réfectoire. Si, jusque-là, l'absence de Malek n'a pas été remarquée, elle le sera inévitablement. Le règlement est strict : aucun pensionnaire n'a le droit de sortir sans autorisation. Quelle sanction lui sera infligée ?

Avant Noël, un garçon a fait une fugue. Tout le lycée était en émoi. Il est revenu à l'aube, entre deux militaires. Nul ne l'a plus revu : on a parlé de centre de redressement.

Mais voilà qu'à la cuisine des voix masculines se mêlent à celles des femmes : les oncles sont de retour. Au rire voluptueux de Daloula répond celui, aigrelet, de Rachid. Ils vont d'abord aller se rafraîchir, changer leurs vêtements de travail pour le saroual, et leurs godillots contre les confortables babouches, puis ils redescendront prendre place autour de la grande table où aucun couvert n'a été prévu pour Malek.

Hadja s'est redressée. Tandis qu'elle étire son dos fatigué, elle découvre son petit-fils dans son costume de Perdican souillé de terre et se fige.

Va-t-elle crier ? Ameuter ceux de la maison ? Le regard de Malek supplie. Alors elle se contente de lui ouvrir ses bras. Il se lève et s'y réfugie, le temps de refaire ses forces. Puis, sans qu'un mot ait été prononcé, il quitte le jardin du bonheur.

Il court à perdre haleine vers le lycée. Sept heures et demie, nul doute qu'on l'y cherche. On l'appelle, on s'inquiète. Ni Mahmoud, ni Didouche, rentrés chez eux, ne seront là pour le défendre lorsqu'il sera accusé de fugue. Après le centre, le centre de redressement ? Est-ce là son destin ?

Une chance, le porche n'est pas encore fermé ! Malek se glisse dans la cour sans être inquiété. Il se dirige vers le bâtiment des dortoirs. S'il parvient à s'y changer, il rejoindra les autres et prétendra s'être endormi.

Mais, comme il aborde les premières marches de l'escalier, une voix l'arrête.

– Où étais-tu ?

Le directeur se dresse devant lui :

– On t'a cherché partout. Et comment te voilà attifé !

Que dire pour sa défense ? Malek reste paralysé. C'est donc fini, cette fois, on va le renvoyer. Il va tout perdre, son professeur, ses amis, ses livres, ses espoirs ?

– Nous étions ensemble, monsieur le directeur.

C'est la voix calme d'Abdelwaheb qui vient de retentir dans le dos de Malek, et comme il se retourne, son professeur lui tend son uniforme en souriant.

– Tiens, tu l'avais oublié.

Puis celui-ci s'adresse à nouveau au directeur.

– Après la représentation, j'ai retenu Perdican dans mon appartement : certaines scènes à reprendre. Nous n'avons pas vu passer l'heure. Je te prie de nous en excuser.

Le visage du directeur se détend. Il regarde l'air confus du professeur, passe vite sur les larmes qui emplissent les yeux d'un élève dont il connaît les difficultés et respecte les efforts, et pousse un gros soupir.

– Quand même, ces artistes...

23

Adieu Nora

Le regard de l'artiste et chef de classe brillait quand les résultats du brevet ont été proclamés et que le nom de Malek a été prononcé en premier.

Le regard de Zohra s'est illuminé lorsque son aîné a brandi son diplôme sous ses yeux. Hadja s'est contentée d'un tendre sourire qui a indiqué à Malek qu'elle avait appris à garder un secret.

Un silence dubitatif a suivi la lecture de la lettre du directeur, qui recommandait de laisser le lauréat au lycée jusqu'à l'obtention du baccalauréat, se déroulant sur deux années : culture générale, puis mathématiques ou philosophie. Ne seraient-ce pas deux années perdues ? Dès à présent, Saleh ou Moussa pouvaient proposer à leur neveu de travailler avec eux pour un bon salaire.

– Si vous y consentez, je souhaite rester au lycée, a tranché poliment Malek.

– Et après le bac, tu feras quoi, ministre ? a lancé le malicieux Rachid.

Pour Mahmoud et Didouche, les études étaient terminées. Comme prévu, Mahmoud seconderait son frère auprès d'Amadi. Le père de Didi s'était depuis longtemps résigné à voir son fils emprunter une autre voie que le droit. Laquelle ? Pour l'instant, mystère.

Lorsque Malek est allé trouver son grand-père pour lui annoncer sa décision de se présenter au baccalauréat, le regard d'Amadi s'est teinté de mélancolie.

– Un jour, tu nous quitteras, a-t-il prédit avec un soupir venant du fond de l'âme.

Un dialogue de la pièce qu'il s'apprêtait à jouer est venu à la mémoire de Malek.

« Nous sommes vieux, monseigneur, et vous êtes un homme », dit le chœur à Perdican.

Et celui-ci répond : « Vos têtes ont blanchi, vos pas sont devenus plus lents, vous ne pouvez plus soulever votre enfant d'autrefois, c'est donc à moi d'être votre père, à vous qui avez été le mien. »

– Jamais je ne te quitterai, grand-père, a-t-il promis.

Serait-il un jour le père d'Amadi ?

On ne badine pas avec l'amour, une pièce de M. ALFRED DE MUSSET.

Le soir tant attendu est là ! La foule se presse autour du théâtre, au fronton duquel clignotent des guirlandes de lumière. Un artisan malin a installé au bas des marches un petit étal de dattes et autres friandises. Aux terrasses des cafés, les anciens applaudissent l'arrivée, dans leurs belles limousines, de hauts personnages de l'Administration. Ce soir, c'est grâce à ses enfants que Skikda se sent honorée.

Sur l'estrade, prêts à entrer en scène, les jeunes

acteurs surexcités regardent tour à tour par la fente du rideau la somptueuse salle dorée se remplir, chacun y cherchant sa famille.

Malek a constaté avec émotion que, hormis Djami, la sienne était au complet dans le parterre. Découvrant le Boiteux à côté de Tayeb, il a éprouvé un sentiment de fierté.

La famille de Didouche est, elle, au balcon. Père, mère et fillettes. Nora vient de s'installer avec ses parents dans une loge.

Sa venue n'a pas étonné Malek. Ces derniers temps, ne s'est-elle pas rapprochée de lui ? Comme il s'en émouvait, Warda a éclaté de rire.

– Je lui ai tellement parlé de toi qu'elle a fini par être jalouse.

– EN SCÈNE !

Avec autorité, Abdelwaheb installe le chœur des villageois, dignes vieillards à barbe blanche parmi lesquels se tient Mahmoud, dont Malek découvre avec tendresse qu'il ressemble à Amadi.

Soudain prises de trac, Warda et Houria se sont réfugiées près de lui. Il les rassure en leur promettant, si nécessaire, de leur souffler leur texte. Ne connaît-il pas par cœur chacune des répliques de la prude et orgueilleuse Camille, de la fraîche et naïve Rosette ?

Les trois coups sont frappés, les lumières s'éteignent tandis que le rideau se lève. Quelques applaudissements saluent le chœur. Ils redoublent à l'entrée majestueuse de Didouche-Maître Blazius, rose et replet prélat, récitant une prière d'une voix avinée.

Seuls quelques spectateurs connaissent la pièce, aussi le silence se fait-il pour écouter les villageois expliquer la situation : la jeune Camille, fille du baron, vient de quitter le couvent où elle étudiait depuis l'enfance. Elle va épouser son cousin Perdican, devenu, lui, docteur à la faculté de Paris. Voici de longues années qu'ils ne se sont pas vus. Pour fêter leurs retrouvailles, on va faire bombance. À cette perspective, Maître Blazius se frotte déjà la panse, et les rires secouent à nouveau la salle.

Le grand moment de la rencontre entre les fiancés est venu. L'un et l'autre sont si beaux, si magnifiquement costumés, que la salle crie sa joie. Mais, quand Perdican, déjà fou d'amour, réclame un baiser à sa cousine et que celle-ci le lui refuse, lorsqu'il cherche à prendre sa main et qu'elle se rebiffe : « Je n'aime pas les attouchements », le public frustré manifeste bruyamment son mécontentement.

Tandis que le chœur des villageois commente ces faits inquiétants, Malek ne peut s'empêcher de chercher des yeux la loge où, la nuque raide, le visage imperturbable, Nora trône entre ses parents.

« Je lui ai tellement parlé de toi qu'elle a fini par être jalouse », lui a révélé Warda.

Jalouse ? Et si Nora l'était réellement ? Si elle n'était venue assister au spectacle que pour reprendre l'ascendant sur le cœur de Malek, tout comme, dans la pièce, Camille se rapproche de Perdican lorsqu'elle le voit courtiser Rosette ?

Mais voici que justement la jeune paysanne entre en scène. La découvrant si jolie, gaie et naturelle, les spectateurs, douchés par la froideur de Camille, prennent d'instinct son parti et l'applaudissent à tout rompre.

C'est un amour sincère que Rosette porte depuis l'enfance à son frère de lait. C'est pourquoi elle est restée fille. Lorsque Perdican lui dérobe un baiser, qu'il l'invite à dîner au château et, un peu plus tard, lui promet de l'épouser, lui offrant en gage sa chaîne d'or, elle vit un conte de fées.

Sans se douter que ce n'est là qu'une comédie, un jeu mensonger destiné à provoquer la jalousie de Camille. Un jeu mortel, car, lorsque Rosette le comprend, renonçant à son trop beau rêve, elle renonce aussi à la vie.

Au fur et à mesure que se déroulaient les scènes, s'échangeaient les répliques tant de fois répétées, une chose stupéfiante s'est produite : les yeux de Malek se sont dessillés, comme après un envoûtement. Camille l'orgueilleuse, repoussant les hommes... Nora la prude, traitant les garçons de balourds, leur préférant la compagnie des filles, jouant avec ses sentiments : une même personne ! Nora-Camille ne l'a jamais aimé et ne l'aimera jamais.

C'est la fin de la pièce, la dernière rencontre entre Camille et Perdican. Elle lui annonce son intention de retourner au couvent.

– Adieu, Perdican, dit-elle sous les huées du public.

– Adieu, Nora, murmure Malek tandis que le rideau retombe.

24

Tu seras philosophe

Partagées entre les deux maisons, les deux familles, les réjouissances ont duré une bonne partie de la nuit. Durant ce qu'il en restait, Malek n'a pas pu trouver le sommeil. Il s'est tourné et retourné dans son lit, ne parvenant pas à croire à la guérison de son cœur, éprouvant comme un enfant l'envie de le toucher, ainsi que l'on appuie sur une ancienne blessure pour s'assurer qu'on n'en souffre plus.

Et si, pris dans l'excitation du jeu, entraîné par le rejet du public de l'orgueilleuse Camille, il avait associé celle-ci à Nora ? Si, le soleil levé, il retrouvait sa douleur intacte ?

Le soleil est levé depuis longtemps lorsque Rachid fait irruption dans sa chambre.

– Debout, la vedette. Le monde te réclame !

Il paraît qu'en ville on ne parle que de lui. Les oncles ont décidé d'y faire un tour avec leur héros et s'impatientent à la cuisine.

Rachid désigne, sur un siège, avec un regard gourmand, le costume de Perdican.

– Tu vas le mettre ?

– J'aurais l'air de quoi ? crâne Malek qui n'en croit toujours pas son cœur. Perdican, c'est terminé.

Zohra et Daloula ont refusé d'accompagner les hommes, trop occupées, entourées de voisines curieuses, à préparer un festin digne de la star.

Star... héros... vedette... et puis quoi encore ?

Mais à Skikda, où le marché bat son plein, les oncles peuvent se rengorger à juste titre en voyant Malek arrêté à chaque pas. Beaucoup lui donnent l'accolade. Quelques-uns font mine de s'indigner.

– Pourquoi n'as-tu pas choisi Rosette ? C'était la meilleure.

– Dorénavant, j'y regarderai à deux fois, répond Malek en riant.

Il aime l'éclat de rêve qui brille dans les yeux de ceux qui ont assisté au spectacle. Avoir donné à rêver, la plus belle des récompenses.

– Ton futur métier est tout trouvé : acteur, déclare Moussa.

– Pas acteur, auteur dramatique, rectifie Malek.

– Pourquoi « dramatique », la vie n'est-elle pas belle ? s'extasie Ramdan.

– Alors, plus de ministre ? feint de se désoler Rachid.

– Artiste, c'est encore mieux, s'entend affirmer Malek.

Comme ils arrivent devant le café où Saleh a décidé de régaler ses compagnons, voici qu'un curieux personnage au turban douteux, à la barbe embroussaillée, leur barre le chemin.

Ils s'immobilisent : on ne résiste pas à Afrit, le « diablotin ».

C'est une figure de la ville. Nul ne connaît son âge ni ne sait d'où il vient. Il dort sous des toits de fortune et se nourrit de ce qu'on lui donne. Une sorte de clochard qui amuse les uns et terrifie les autres.

Car, sans boule de cristal ni marc de café, en trois mots, il annonce à chacun son destin.

À celui-ci, il prédira un grand avenir, à celui-là, sa ruine prochaine. À moins qu'il ne tende vers un malheureux son doigt de sorcier et qu'il déclare sans autre forme de procès : « Fais tes prières, mon frère, la Familière est à ta porte. » La « Familière », nom donné à la mort.

Les oncles le connaissent bien : n'a-t-il pas récemment promis à Moussa l'ingénieur : « Tu seras riche » ? Inch Allah.

Malek regarde le « diablotin » avec amusement. Enfant, il le craignait. Lorsque leurs chemins se croisaient, il se cachait derrière les femmes, car jamais nul ne l'a entendu s'adresser à elles : leur destin n'est-il pas tout tracé ? Se marier et donner à leur époux des enfants beaux et bien faits ?

Le regard d'Afrit s'attarde sur le petit groupe. Quel oncle va-t-il désigner aujourd'hui ? Rachid fait des grimaces pour attirer son attention. Mais c'est vers Malek qu'il tend le doigt. Nul doute que les échos de son triomphe lui sont parvenus et qu'il va lui prédire un grand avenir d'acteur !

– Toi, tu seras philosophe, déclare-t-il.

Durant les quelques jours qui restaient à Malek avant de retourner en colonie, Saleh a décidé de lui offrir le voyage dont il rêvait : le Sahara.

Ce désert où Charles de Foucault, un Français au visage d'ascète, ancien militaire devenu missionnaire, était parti faire moisson d'âmes avant d'y être lâchement assassiné.

Désert dont Abdelwaheb, pourtant avare de confidences, avait un jour révélé à Malek qu'il aimait aller s'y recueillir. S'y « recueillir » ? Comme à la mosquée ? Qu'y avaient donc trouvé ceux qui en revenaient, le visage adouci par une paix intérieure ?

Mystère que Malek a hâte de percer, lui qui éprouve parfois tant de peine à se calmer.

Le temps est compté avant son départ en colonie, et le trajet est long de Skikda au Sahara, aussi les voyageurs ont-ils décidé de partir à l'aube et de se relayer au volant de la jeep prêtée par un ami de Moussa. Rachid a pleuré en apprenant qu'il ne serait pas de l'expédition : « manque de place », a prétexté Saleh. Mais, la véritable raison, Rachid la connaît. Même si l'état de sa jambe s'améliore, il serait incapable d'affronter les longues marches dans le sable.

Ce désert, Malek l'imaginait comme une vaste et silencieuse étendue de teinte uniforme, ponctuée de dunes, semée d'oasis.

Sous ses yeux incrédules s'offrent à lui toutes les couleurs. Ocre le sable, grise la roche qui parfois affleure, violines ces collines semées de fleurs sauvages venues d'on ne sait où. Une pleine palette qui, dans la brume de chaleur, semble hésiter entre ciel et terre.

Il ignorait qu'il y trouverait des montagnes, recelant dans leurs plis des ombres secrètes mêlées de murmures.

Le désert lui dit l'ampleur du chemin qu'il lui reste à parcourir, les obstacles à franchir, les beautés à découvrir. Il comprend ce que viennent y chercher les hommes : la couleur de leur âme.

« Tu seras philosophe. »

Ses oncles, que la prédiction du « diablotin » avait laissés perplexes, ignoraient qu'avec ce voyage ils lui offriraient sa première leçon de philosophie.

25

Passeur de lumière

Quatre années auparavant, découvrant Constantine sur son piton rocheux, Malek s'était promis : « Je reviendrai. »

Quatre années depuis que, sur la plage de Collo, avec la joyeuse Kenza, il avait partagé les premiers frissons du désir et de l'amour, ces chastes amours adolescentes qui vous laissent à jamais au cœur la nostalgique mélodie de l'innocence.

Quatre années depuis qu'il était allé chercher Lalla, la mère de Soltan, pour sauver son ami du désespoir.

« Je reviendrai »...

Ramenant Malek en colonie à Collo, le destin exauçait son vœu.

Rien n'avait changé sur la plage bordée de ronces mêlées de fleurs sauvages. Entre le bâtiment des filles et celui des garçons retentissaient les mêmes appels brûlants, les mêmes jeux continuaient à les réunir au bord d'une mer pailletée, semée de voiles blanches. À Collo, les aiguilles du temps semblaient s'être arrêtées sur l'heure éternelle du désir.

Avec ses dix-sept ans, Malek est l'un des plus âgés. Il aime le sport, faire travailler son corps, le muscler. Il lui arrive de se regarder dans la glace et, ma foi, de se trouver plutôt joli garçon. Il n'en éprouve aucune honte : corps et âme ne forment-ils pas un tout ? Dieu qui a créé l'homme ne peut s'offenser qu'ils vibrent à l'unisson.

Au tennis, auquel il s'est essayé, il préfère les sports d'équipe, la lutte coude à coude, chacun tendu vers un même but, mû par un même effort. Mais, bien sûr, là où il excelle, c'est la nage : brasse et crawl.

Sitôt arrivé, voyant les moniteurs débordés, il leur a proposé ses services. Ainsi a-t-il obtenu le titre envié d'« assistant maître nageur ». Cela n'a fait qu'augmenter son succès auprès des filles, qui lui font toutes les yeux doux. Mais, pour l'instant, il repose son cœur.

Il aime, la nuit, s'échapper du dortoir et, étendu sur la plage, regarder les étoiles, dont l'une porte le nom de Kenza. L'une de celles dont on dit que la lumière continue à briller bien après qu'elles sont éteintes. Bercé par la respiration de la mer, l'apprenti philosophe s'interroge.

Était-ce de l'amour qu'il éprouvait pour la « mouette rieuse », ou un simple et passager éblouissement ? Si son maladroit poème avait été lu par une personne plus bienveillante et qu'ils s'étaient revus, cet amour aurait-il duré ? Il est tenté de répondre « non ».

Et Nora ? L'a-t-il vraiment aimée pour s'en éprendre et déprendre si vite ? À travers la reine inaccessible, n'a-t-il pas voulu se prouver qu'il pouvait être roi ?

Aimera-t-il un jour vraiment ?

De Soltan, Malek a eu des nouvelles par El-Ayeb. Dès que son ami a su lire, écrire et compter, il a préféré s'en tenir là et retourner à Constantine où sa mère le réclamait. Voilà un an qu'il a quitté le centre. Il a aujourd'hui dix-neuf ans. Il paraît qu'il a trouvé du travail. Le « bon à rien », la « mauvaise graine », est devenu un homme.

Malek brûle de le revoir. Il a décidé de lui faire la surprise d'une visite.

Et, ce dimanche matin, propre comme un sou neuf, dans ses plus beaux vêtements, il est allé attendre l'autocar sur la route.

Longeant le boulevard de l'Abîme, montant vers le « nid de vautour » sculpté par les siècles, faisant une pose près de la grande mosquée, il lui semblait accomplir un pèlerinage et ses lèvres ont esquissé une prière muette qui tenait en un mot : « merci ». Dans le souk, il a retrouvé le dinandier, auquel il a acheté, avec les quelques pièces que lui rapportaient ses leçons de nage, une petite lampe en fer forgé pour Lalla. Puis il a pris le chemin de la maison bleue.

Il est midi. Derrière les stores baissés du premier étage s'échappent les bonnes odeurs du repas qui se prépare. Lui parviennent aussi des bouffées de musique. Reconnaissant Tahar Fergani, la nouvelle voix du malouf constantinois, dont le succès se confirme, Malek sourit : Daloula ondulerait déjà !

La lumière a été installée dans l'escalier, la rampe ne brinquebale plus : la main d'un homme est passée par là.

La porte est entr'ouverte.

Dans l'ombre fraîche de la salle, une mère et son

fils sont assis côte à côte à la table. Seuls. La femme au regard sévère n'est pas là.

La mère porte une robe fleurie. À son cou brille un rang de perles vertes auxquelles répond le scintillement des nombreux bracelets d'argent qui ornent ses poignets.

Le fils arbore fièrement chemise et cravate. Il a coupé ses cheveux et s'est laissé pousser la moustache.

Il y a quatre ans, un garçon mal fagoté, au visage dur de révolté, avait tendu le doigt vers le livre que lisait Malek sur la terrasse du centre : « Tu m'apprendras ? »

Comme il a bien appris !

La pièce a été modernisée. Une rampe de néon court au-dessus de l'évier, muni de deux robinets. Un beau lustre pend du plafond.

– Entre, Malek, dit Lalla.

D'un même mouvement, dicté par le bonheur, ils se sont levés pour t'accueillir. Ils t'ont, tour à tour, serré dans leurs bras. Puis Lalla est allée placer religieusement ton présent sur le buffet, près de la photo représentant Soltan posant fièrement devant son père en uniforme militaire. En choisissant l'endroit sacré, à son tour elle t'offrait un cadeau.

Ils t'ont entraîné vers la table dressée, où tu as découvert un troisième couvert.

– Vous attendez quelqu'un ? Dans ce cas, je...

– Mais ce quelqu'un est là, t'a interrompu malicieusement Lalla. Crois-tu que Soltan ignorait ta présence à Collo ? Il t'en a fallu du temps pour venir nous voir. Tu n'as pas déjeuné, j'espère ?

Tu t'es assis entre la mère et le fils et tu as dégusté la chorba, une soupe faite de viande de mouton, de légumes, d'herbes parfumées, d'épices et de tomates.

Et voilà que brusquement, alors que tu n'aurais dû éprouver que de la joie, la tristesse, comme un voile noir, a endeuillé ton âme.

C'était, près de ta lampe en fer forgé, la photo du père de Soltan qui soudain te rappelait le tien. Ces deux hommes, emportés si jeunes par la mort et qui ne verraient jamais leurs fils assis côte à côte à la table : des sourires perdus, des moments de joie jetés aux loups, car n'était-ce pas cette mort même qui, les réunissant au centre, quartier des orphelins, avait permis à leur amitié de naître ? Fallait-il que la terre s'abreuve de sang pour que naissent d'autres soleils ?

Durant le repas, Soltan t'a appris qu'il travaillait chez un électricien.

– On m'a donné la lumière, je n'aurai pas assez de ma vie pour la rendre.

Et tu t'es fait la réflexion que tu n'aurais pas assez de la tienne pour comprendre comment Nora, qui portait la lumière dans son prénom, gardait son cœur fermé, alors que Soltan, venu de l'obscurité, avait décidé d'y vouer la sienne.

26

Maître des sonneries

Il a dessiné une grenouille : grenouille-taureau, verte tachée de roux. Près de sa mare à nénuphars, elle semble prête à sauter. Vers où ? Jusqu'où ? Son professeur de sciences naturelles, une jeune femme enthousiaste, lui a fait promettre de ne pas la détruire.

– Elle vit, ta grenouille, Malek !

Dans sa classe de seconde, un élève a lancé.

– « La grenouille qui veut se faire aussi grosse que le bœuf. »

Malek a été le premier à en rire.

– Fonceuse comme le taureau qu'elle est, a-t-il ajouté.

La fameuse grenouille de la fable de La Fontaine gonfle tellement qu'elle en crève. Ce n'est pas son ventre mais sa tête que parfois Malek sent éclater. Depuis son succès au brevet, sa soif d'apprendre a redoublé. Apprendre comme on se bat, avancer toujours plus loin dans la connaissance pour conquérir son avenir.

Mais quel avenir ? Quel chemin choisir ? Quelle montagne gravir ? Dans quelle mer plonger ?

Puisqu'il dessine si bien, pourquoi ne ferait-il pas les Beaux-Arts ?

Art, artisan, artiste, tout ce qui a trait à la création, ce qui vous porte, vous transporte, attire Malek. Créer, c'est mettre la vie en lumière, faire du grain de sable, du grain de sel, une étoile.

Alors peintre ?

Mais il y a aussi l'écriture, la musique. Comment savoir ?

Certains de ses professeurs se plaignent.

– Malek, tu n'es pas à ce que tu fais. Concentre-toi.

– Malek, cesse de te disperser, choisis.

Abdelwaheb le rassure.

– Tu n'as pas à décider tout de suite. Passe déjà ton bac général, tu verras après.

Après, seulement deux choix : philosophie ou mathématiques. Là, bien entendu, aucune hésitation. Et le « diablotin » ne l'a-t-il pas dit ?

Il a été nommé délégué de classe, ce qui lui donne une plus grande liberté d'aller et de venir. Il peut même sortir en ville sans craindre qu'à son retour une main s'abatte sur son épaule : « Où étais-tu ? » Le voilà devenu « maître des sonneries ». Pourtant, elles ne cesseront jamais de retentir dans un coin de sa tête. Même aujourd'hui, n'est-ce pas, Malek ? « Avance si tu veux t'en sortir »... Rien n'est jamais acquis.

En tant que délégué de la classe, il a la charge du foyer, le lieu où se réunissent les internes durant leurs heures de liberté, ainsi que le soir avant l'extinction des feux. Foyer, famille, maison... une petite bouffée de chaleur et de dialogue.

Il y gère la bibliothèque. Sa tâche préférée est de faire découvrir aux lycéens le plaisir de la lecture. N'est-ce pas ainsi que tout a commencé pour lui ? Lire de belles histoires, se trouver des héros, se fixer des buts, à leur exemple.

Sur les étagères trônent de nombreux auteurs français, la plupart traduits en arabe. Depuis peu, les romans policiers y ont fait leur apparition. La fameuse « Série noire », peuplée d'Américains. Mais aussi l'Anglaise Agatha Christie, le Belge Simenon. Et, bien sûr, ce sont les « polars » qui remportent le plus de succès.

Ce qui va valoir à Malek de nombreux amis.

En effet, les plus jeunes n'ont pas droit à cette littérature, considérée comme mineure par certains professeurs ou comme offensant la morale par d'autres. Malek n'en a cure : ceux qui les réclament sont servis.

« Confisqué » !

Si le petit est pris, il se voit dépossédé du livre interdit, qui reprend sa place sur les plus hautes étagères de la bibliothèque. Son lecteur est parfois au bord des larmes. Comment vivre sans connaître le nom de l'assassin ? Savoir si l'innocent s'en sortira ? Et la superbe « pin-up », bien souvent cause de la perte du héros, que va-t-il lui arriver ? Tout en la sachant coupable, on voudrait la sauver.

Malek autorise le lecteur frustré à terminer le « polar » en cachette.

Décidément, il n'admet pas la censure.

Il ne l'admettra jamais.

Tayeb vient souvent le rejoindre au foyer. Lui, ne s'inquiète pas pour son avenir. Son choix est fait : « rentrer à la maison ».

« C'est quand, "bientôt" ? »

Presque demain.

L'entrain, la gaieté qui jaillissent spontanément de son petit frère ravissent Malek. Et le conduisent à s'interroger. N'ont-ils pas vécu le même douloureux arrachement à leur famille ? Ne sont-ils pas passés par des épreuves semblables ? Chez Tayeb, la blessure paraît cicatrisée. Jamais il ne semble éprouver ce sentiment de différence, ce besoin de solitude et de silence qui font partie intégrante de Malek. Est-ce parce qu'il a su le protéger ?

Regardant ses yeux d'un bleu si rare, il s'amuse à penser qu'ils ont agi sur lui comme un talisman, légué par Hocine dont Zohra continue de leur parler. Il faut entendre le petit répondre fièrement à ceux qui s'en émerveillent : « Ce sont les yeux de mon père. » Comme il affirmerait : « Il est là. »

Bien qu'il ait arrêté ses études, Didouche continue à fréquenter le lycée. Et lui qui rechignait à la lecture se plonge avec bonheur dans l'œuvre des grands auteurs dramatiques : Shakespeare, Corneille, Molière, Giraudoux.

Didi a trouvé sa vocation : comédien !

Ce n'est pas le succès remporté avec la pièce d'Alfred de Musset qui lui est monté à la tête, mais le besoin profond de se produire sur scène et de faire rire : des autres, du monde et de lui-même. Sans doute une façon de prendre sa revanche sur les moqueries que lui ont valu, depuis l'enfance, son prénom de révolutionnaire.

Le plus précieux des encouragements lui est venu d'Abdelwaheb. Reconnaissant son talent, celui-ci a accepté de lui apprendre le métier. Les répétitions ont lieu dans l'appartement du maître, où il réunit régulièrement quelques apprentis comédiens. Il arrive à Malek de se dire que c'est Didouche que l'Égyptien a adopté comme petit frère.

– Un jour, j'entrerai à la Comédie-Française, clame le futur grand acteur.

– Et moi, je ferai les Beaux-Arts, renchérit Malek.

Sur leur toile vierge, les peintres commencent toujours par faire ce que l'on appelle un « fond ». La couleur de celui-ci donnera à la future œuvre son atmosphère, son climat, peut-on dire son « âme » ?

Sur quel fond, sous quels climats, Malek construira-t-il sa vie ?

27

L'ange Malika

Et où en est la famille en ces années soixante-dix, dix ans après la proclamation de l'indépendance ?

Depuis longtemps, la sœur de Zohra vit au domicile de son époux ; sa nombreuse progéniture vient se mêler à celle de ses frères.

Daloula n'a toujours pas trouvé de prince charmant. Elle refuse d'être cantonnée entre quatre murs avec, pour seul horizon, un mari et des enfants. Mais quel autre choix s'offre à celle qui n'a pas eu la chance d'aller à l'école ? Ne prononcez pas devant elle le mot infâmant « illettrée ». Comme d'autres poursuivent leurs études, elle poursuit, dans le brouillard, d'irréalisables rêves. Et, dans ses rires, on perçoit parfois une fêlure.

Sans avoir jamais appris à lire ni à écrire, Zohra est une femme comblée. Suivant un chemin éclairé par l'amour, un instinct sûr et une tranquille intelligence de la vie, elle a atteint le but qu'elle s'était fixé avec ses frères : protéger leur mère, créer autour d'elle un lieu de chaleur, de gaieté et d'entente propice à l'épanouissement de chacun. On pousse la porte de la belle villa comme on rentrerait au havre, mot qui se marie bien avec la mer toute proche.

Amadi n'a pas pour autant été rejeté, ni les filles de Djami, toujours les bienvenues. Quant à l'orgueilleuse seconde épouse du patriarche, elle ne règne plus que sur le cœur d'un homme fatigué et dépossédé, et souffre à son tour.

« Patriarche », c'est l'oncle Saleh qui, depuis longtemps et malgré son jeune âge – à peine a-t-il dépassé la trentaine –, s'est imposé dans ce rôle. Chez Amadi, il était conducteur de travaux, s'occupant aussi bien de la maison que des terres : il est devenu « conducteur » tout court, d'un gros camion au volant duquel il sillonne le pays, toujours prêt à livrer ce qu'on lui demande – et le pays, en pleine transformation, demande beaucoup.

Un peu plus jeune, Ramdan, l'« oncle aux dictées », a trouvé un emploi de fondeur-soudeur. Casqué, ganté de cuir, les yeux protégés par de grosses lunettes, il domestique le feu dans des averses d'étincelles. L'un des grands plaisirs de Malek est de le regarder travailler. « Fondre », « souder », deux mots qui veulent dire « rassembler ».

Moussa gagne peu à peu ses galons d'ingénieur. L'eau, qui donne la vie, l'a toujours passionné. Chez Amadi, il se chargeait de l'arrosage. Le voilà à présent dans l'hydraulique. Visionnaire, il rêve de dessaler la mer et de planter le désert. « Tu seras riche », lui a prédit le « diablotin ». Il en prend le chemin.

Rachid n'est pas resté longtemps à l'école, où les enfants se moquaient de son infirmité. Lorsque Malek est là, il passe le plus de temps possible avec lui. Il est le seul des oncles à lire pour le plaisir et ne se prive pas de piocher dans la bibliothèque de son « neveu ». Que fera-t-il plus tard ? À défaut de pouvoir courir, il fait galoper son esprit.

À propos de mots précieux, celui que Malek a sans doute le plus entendu depuis son enfance est ATTENTION.

Attention à respecter les règles du Coran : prière, jeûne, et aumône.

Attention aux mauvaises fréquentations, aux voleurs et autres vauriens qui vous conduisent tout droit en prison.

Attention à se montrer, en toute occasion, poli, propre et digne. Il en va de l'honneur de la famille.

Dans cette famille, comme dans bien d'autres, le seul sujet à n'être jamais abordé est celui de la sexualité. Son éveil lors de l'adolescence, les interrogations qu'elle suscite, les difficultés qu'éprouvent les jeunes garçons avec leur corps : sujet tabou !

Les filles, qui en savent bien plus que ne veulent le croire leurs mères, devront attendre le jour de leurs noces pour que celles-là leur parlent du devoir conjugal.

Il n'y a que Daloula, bien sûr, pour se permettre de traiter Malek, avec un regard plein de sous-entendus, de « bourreau des cœurs ». Il y entend aussi le mot « corps ».

Dans l'islam, anges et démons existent, et le démon se cache bien souvent sous la jupe des femmes. Cet été-là, sans le vouloir, Malek va déclencher le scandale. Avec la participation... d'un ange.

C'est le début des grandes vacances à l'issue desquelles il fera son entrée en première et affrontera les épreuves du bac général. Il passe chez lui une dizaine de jours avant de rejoindre la colonie où, invariablement, il est envoyé chaque année. Tayeb, lui, est déjà parti. Malek savoure sa liberté.

Dans une demeure proche de la villa vit la famille Dahou. Le père travaille dans l'hydraulique avec Moussa, la mère a élevé cinq enfants, dont quatre sont mariés. Ne reste à la maison que la « petite dernière » de quatorze ans, Malika, dont le nom signifie « ange ».

Jolie comme un cœur, elle est également vive et futée. Après l'école primaire, à son grand regret, ses parents n'ont pas jugé bon de la mettre au lycée. Sa mère confie volontiers à Zohra qu'elle a du mal à la tenir et s'inquiète. Si elle allait faire une bêtise ? Vivement qu'on la marie !

Malek et Malika se connaissent depuis l'enfance. Pour Malek, elle n'est qu'une adorable petite sœur. Pour Malika, il est un grand savant doublé d'un artiste. La prédiction du « diablotin » lui a été rapportée. Elle se désole encore de n'avoir pas eu l'autorisation d'assister à son spectacle, prétendument à cause de son jeune âge, n'importe quoi ! Comment n'en serait-elle pas tombée amoureuse ?

À chacun des brefs séjours de Malek chez lui, elle saisit toutes les occasions de le rencontrer. Elle réclame des conseils pour ses lectures, mais c'est dans ses yeux plutôt que dans les livres qu'elle cherche à se perdre. Un jour où elle était descendue à la plage avec ses aînées et leur marmaille, elle leur a faussé compagnie pour rejoindre Malek et lui réclamer une leçon de nage dans un maillot que n'aurait certainement pas approuvé sa mère.

Et cet après-midi, profitant de la sieste de celle-ci, Malika s'est échappée par la fenêtre et l'a rejoint sur la colline.

À l'ombre du grand chêne où Sindbad continue à lui parler, Malek tient son « journal de bord ». Depuis son voyage au Sahara, celui-ci a remplacé poèmes et dessins. Il y note les couleurs du temps et celles de son âme.

Malika s'assoit près de lui et demande à lire. Pas question ! S'ensuit une gentille bagarre mêlée de rires. Jusqu'au moment où la jeune fille plaque sans vergogne ses lèvres sur celles de celui qu'elle aime.

Qu'arrive-t-il à Malek ? Le soleil bourdonne si fort, elle sent si bon... Son corps s'éveille, il y mord.

Patatras ! La mère de l'« ange » l'avait suivi. Elle pousse un tel cri que, dans les racines du chêne, Sindbad doit sursauter.

Le soir venu, les hommes des deux familles se sont réunis et la décision a été prise de séparer au plus vite les deux « pécheurs ». Malek rejoindra immédiatement sa colonie, Malika sera bouclée à la maison.

Au petit matin, l'oncle Saleh a embarqué son neveu dans son camion. Durant le long trajet, ils ont échangé peu de mots. Si Malek était préoccupé, c'était pour Malika, privée de liberté. Et pour un si petit péché ! En répondant à son baiser, pas un instant il n'avait eu le sentiment de céder à un quelconque démon, plutôt celui de se mettre en harmonie avec la nature, si belle, œuvre de Dieu. Et quelle que soit la force de son désir, pas plus qu'avec les autres filles, rencontrées jusque-là, le « bourreau des cœurs » n'aurait songé à aller plus loin.

Mais, à propos, où se trouve la colonie où il est attendu cette année ?

À Oran.

La ville de Kenza, son premier amour.

Celle de Nora, son amour rêvé.

28

Le grand jeu de la séduction

Faut-il en rire ? En abrégeant le séjour de Malek chez lui, en le séparant « manu militari » de Malika, on voulait le soustraire à la tentation ; la tentation l'attend sur la plage d'Oran sous les espèces d'une nuée de filles autrement délurées que l'« ange ».

Et comment s'appelle le jeu favori des adolescents des deux sexes, que nul ne songe à séparer ? Le « grand jeu de la Séduction »...

Chaque soir, lorsque la mer assombrit sa robe sous les feux du soleil couchant et que la nature, libérée du corset de chaleur, laisse exploser ses parfums, garçons et filles des colonies voisines se font face sur le sable tiédi.

Vêtues de robes légères, leur chevelure roussie au henné, leurs yeux soulignés de khôl – poudre de sorcière dont il est écrit dans les talismans qu'elle fortifie la vue et fait pousser les cils –, lèvres pourpres, ce sont les filles qui mènent l'offensive, accompagnées par le cliquetis de leurs bracelets qui tintent comme autant de minuscules épées d'argent.

Sous le regard indulgent de moniteurs et de monitrices à qui il arrive de participer à la joute, elles avancent en ondulant vers les garçons, dont certains cachent leur timidité en bombant le torse et faisant jaillir leurs muscles.

Il faut les voir tourner autour de leurs proies, jupes dansantes, seins pointés, les frôler, faire mine de succomber avant de s'en éloigner, dédaigneuses, pour mieux leur revenir. Ni caresses ni baisers, le jeu s'arrêtera là.

L'heure venue de se séparer, pécheurs et pécheresses, délicieusement torturés par le désir, regagnent leur bâtiment où, dans l'obscurité complice des dortoirs, ils rêvent au grand jour où le plaisir pourra se partager.

À la vive déception des filles, Malek refuse de s'associer au jeu. En cédant un instant à sa séduction, n'a-t-il pas condamné Malika à passer l'été enfermée ? Et, bien qu'il ait recommencé à la considérer comme une petite sœur, il s'en voudrait, alors qu'elle pleure, de tirer profit de leur éloignement.

Il préfère marcher sur la plage, dans la douce explosion des vagues qui lui soufflent le nom de Kenza avant de venir mourir à ses pieds.

« Oran, un balcon sur la mer », avait-il lu dans un guide lorsque six années auparavant – six années, déjà ? – il avait cherché la ville de la « mouette rieuse » avant de lui adresser son poème.

C'est bien cela !

Adossée au massif rocheux du Mundjadjo, la blanche cité contemple la Méditerranée au bord de laquelle, sur la plage semée de bouis-bouis d'où s'échappent des bouffées de musique mêlées à de savoureuses odeurs de brochettes d'agneau grillé, de pâtisseries variées, la fête règne jour et nuit sous la haute protection de Notre-Dame-de-Santa-Cruz, dont, à la nuit tombée, s'illumine le dôme immaculé.

Au loin, ce bruit ininterrompu de klaxons, ce sont les voitures qui passent sous le tunnel de Marya et saluent le fameux marabout dont la tombe est toute proche, pour obtenir sa protection. Gare à celui qui s'en abstiendrait.

Oran, la ville de Kenza. Celle où Nora étudie depuis un an.

Malek a eu des nouvelles de cette dernière par Warda. Il n'a pas été surpris d'apprendre qu'elle regrettait Skikda. Nora-Camille l'insatisfaite, trop tournée vers l'étroit jardin de son cœur. C'est ainsi qu'une fin d'après-midi, laissant ses camarades à leurs jeux, il est monté vers la ville plantée de chênes verts, de pins d'Alep et de caroubiers.

Il n'a pas l'adresse de Nora, mais il sait qu'elle habite près de son lycée, dans les beaux quartiers, non loin du front de mer. C'est donc par là qu'il a commencé.

Sur la place des Victoires, il a découvert le lycée Pasteur, un altier bâtiment de pierre claire, percé d'élégantes fenêtres. Au-dessus du porche ornementé flottait le drapeau algérien, et il s'est senti fier.

Dans les allées devant le lycée, sur les bancs alignés à l'ombre de palmiers, il a imaginé Nora avec ses amies. Ou seule, étudiant l'un de ces grands auteurs qu'elle appréciait tant. Sur ce banc-là ? Cet autre ? Il en a choisi un et, bien sûr, il a rêvé.

Voilà qu'elle apparaît et le découvre. Elle s'arrête, saisie : « Malek, est-ce vraiment toi ? » Elle s'assoit près de lui. Il lit dans son regard ces mots qu'il a tant attendus en vain : « Pardon, je ne savais pas. » Mais c'est trop tard et, lorsqu'elle veut prendre sa main, c'est lui qui la refuse. Dans son cœur ne passe plus que le refrain mélancolique d'une illusion perdue.

Soudain, à quelques mètres, de la musique à éclaté et il a découvert le théâtre de verdure, un spectacle allait s'y donner, quelqu'un l'a invité à y assister. Il s'est éloigné : Kenza l'attendait.

Tout en montant vers la Casbah, le quartier plus modeste où vivait la « mouette rieuse », il se revoyait sur la plage de Collo, lors d'une partie de colin-maillard, éprouvant ses premiers émois tandis que ses doigts reconnaissaient un collier turquoise, s'attardaient sur la peau lisse du cou où palpitait la veine de la vie. Et, tandis qu'il s'engageait dans un lacis d'étroites ruelles, bordées de maisons basses bien souvent délabrées, au seuil desquelles des femmes prenaient le frais, il lui semblait, à l'instar du Petit Poucet, qu'un chapelet de perles bleues le guidait vers Kenza.

Elle avait douze ans alors, elle en a dix-huit aujourd'hui : une femme ! Habite-t-elle toujours Oran ? Si c'est le cas, le reconnaîtra-t-elle ? Mais voici sa rue, et le cœur de Malek, que ne fait plus battre le nom de Nora, vibre d'émotion. Si elle est là, osera-t-il l'aborder ?

Il se fige. Elle est là !

Assise devant sa maison, elle serre un bébé dans ses bras. Le nez dans sa jupe sombre, un garçonnet suce son pouce. Un voile gris cache en partie son visage. Ses yeux sont éteints.

La peur du démon qui a éloigné Malek de Skikda l'attendait près de la porte de Kenza. Les barreaux de la cage se sont refermés sur la mouette rieuse. Et, de cette prison-là, ni d'Artagnan ni Perdican ne pourront la libérer.

Combien de temps est-il resté caché dans l'ombre, ne parvenant pas à détacher son regard de la jeune femme ?

À la mosquée El Haouari, la voix du muezzin a appelé à la prière du soir. *Haya 'ala as-Salä !* Venez à la prière ! La nuit tombait lorsque, à la fenêtre du premier étage, une femme s'est penchée et a crié le nom de Kenza. Alors celle-ci s'est levée lourdement et, portant le plus petit, tenant la main du grand, elle a passé la porte de la maison où l'obscurité l'a happée.

Tandis qu'il redescendait vers la mer, les lumières de la fête, le jeu éternel de la séduction, Malek a vu s'affronter deux mondes : celui de la nuit, du refus de la vie, et un monde de lumière et de liberté, empli des fruits savoureux du jardin d'Allah.

De tout son cœur, il a prié pour que la lumière triomphe.

Adieu, Kenza. Un jour, je parlerai de toi.

29

Scaramouche

« Une épée, c'est comme un oiseau. Si tu la tiens trop serrée, tu l'étouffes ; trop lâche, elle s'envole. »

Ainsi parle le grand maître d'escrime à son élève dans le film hollywoodien *Scaramouche*. Scaramouche, l'ami du peuple, le défenseur du faible, le briseur de cœurs, le redresseur de torts, incarné à l'écran par Stewart Granger.

Durant cette première année du baccalauréat, ce ne sera plus Perdican qui se penchera sur l'épaule de Malek, mais l'infatigable batailleur qui l'aiguillonnera du bout de son épée : « Avance au grand galop de tes rêves. »

À la requête d'Abdelwaheb, Malek a été embauché par le directeur du ciné-club de Skikda pour animer sa salle : Le Rialto. Après avoir visionné les films, il en étudie les ressorts et les explique au public.

Comment ne se serait-il pas reconnu dans le héros d'une histoire d'honneur et de passion ? L'histoire d'un homme à la recherche de son père, prêt à mourir pour venger un ami, aimé par la plus belle, la plus noble des femmes ?

Et aujourd'hui, comme lui semble falot le personnage de Perdican, soumis aux caprices de la froide Camille ! Oui, Perdican, c'est fini. Et c'est à présent la touchante Aline de Gavrillac qui fait vibrer son cœur.

Malek a pris Didouche pour assistant. Tout aussi emballé que lui par le film de George Sidney, Didi ne cesse de clamer – à juste titre – que le vrai Scaramouche, c'est lui. Lui, le clown trop porté sur la bouteille, vedette d'un petit théâtre ambulant à qui, dans l'histoire, André Moreau vole son nom et son masque pour échapper à ses poursuivants. Et si son ami brûle pour la belle Janet Leigh, Didouche, lui, se consume pour la voluptueuse Eleanor Parker.

Au cours de ses recherches, Malek a découvert que Scaramouche avait réellement existé. Né à Naples au XVIe siècle, capitaine-corsaire, il n'aimait rien tant que se livrer à des « escarmouches », d'où son surnom.

Le film a été tiré du roman d'un certain Sabatini. Nul doute pour les deux compères que, en écrivant son histoire, le romancier pensait à eux sans le savoir.

Ne dit-il pas de son héros : « En naissant, il avait reçu le don du rire et la conscience que le monde était fou » ?

Rire et conscience ne vont-ils pas de pair ? De « paire » ?

Les dialogues du film ont, eux aussi, été écrits à leur intention.

« Je m'enflamme à chaque instant sans rime ni raison. » Voilà pour Malek !

« Je crois à la liberté et en même temps au rire. » Voici pour Didouche !

« Avance au grand galop de tes rêves »... Malek a brillamment décroché la première partie du bac. Durant l'année où il va préparer la seconde, ce seront les voix des « philosophes des Lumières » qui l'entraîneront vers le succès.

Voltaire, le « prince de l'esprit », le poète épris de liberté, persécuté par le pouvoir et le clergé, mais qui ne renoncera jamais à combattre le fanatisme et l'injustice.

Diderot l'insolent, bohème et homme d'action, auteur de pièces de théâtre, directeur de l'*Encyclopédie*, pourfendeur de l'intolérance, lui aussi emprisonné pour ses idées et condamné à vivre caché.

Mais surtout l'orphelin, le rejeté, le « promeneur solitaire », Jean-Jacques Rousseau, frère de cœur, cherchant passionnément le bonheur dans la compréhension entre les hommes et la fraternité des âmes.

« Qui suis-je ? » ne cessait de se demander Scaramouche à la recherche de son père.

« Qui serai-je ? » s'interroge inlassablement Malek à la recherche de lui-même.

Il n'a toujours pas décidé de la direction qu'il prendrait, ses études achevées.

Autour de lui, certains prononcent le beau mot d'« enseignant ». N'a-t-il pas toujours aimé diriger les plus jeunes, leur transmettre le goût de la lecture, le bonheur d'apprendre ?

Pourquoi pas enseignant, en effet ?

Mais il y a cette flamme têtue qui, depuis l'enfance, brûle en lui, le poussant vers un avenir qu'il n'ose ou ne peut nommer.

Quelqu'un a écrit : « On ne devient prince de sa vie que si l'on a construit sa faculté de choisir. »

De quoi seras-tu prince, Malek ?

30

Nommer la flamme

Ce jour-là, la boîte à craies du tableau noir est vide. Le responsable des fournitures scolaires étant souffrant, Malek s'est vu confier la clé de la pièce dont ce dernier a la garde. Pendant qu'il y est, il devra également en rapporter quelques cahiers.

L'endroit est bien gardé, par crainte des vols. Malek n'en a encore jamais franchi la porte. Alors qu'il la referme derrière lui, il reste pétrifié.

Il vient de pénétrer dans la caverne d'Ali Baba.

C'est une longue pièce sans fenêtres dont les murs sont couverts d'étagères d'où monte une odeur puissante qui lui fait tourner la tête. Ce n'est pas l'odeur de la connaissance, qui court de livre en livre dans les bibliothèques, ce sont, comment dire, les puissants effluves des outils de l'écriture.

Ils sourdent des piles de papier vierge, des blocs et des cahiers, coulent des stylos et des bouteilles d'encre, s'échappent des étuis de crayons de couleur et, lorsque Malek s'empare d'une boîte de craies, revoyant un oiseau dessiné sur un tableau, ils lui brûlent les yeux.

Une odeur qui en appelle à la main pour aller vers l'esprit. L'odeur du « faire », comme on ferraille avec l'armée des mots pour construire une œuvre.

Une œuvre, c'est bien cela.

Malek s'est engagé dans la caverne. Et voici que, en en faisant le tour, il y découvre un autre trésor : un petit bataillon noir de machines à écrire à l'abri d'une housse en plastique. Il ne peut résister à l'envie d'en libérer une, caresse le clavier du bout des doigts, puis y introduit une feuille, et, lorsqu'il frappe au hasard sur les lettres saillantes, ce sont des roulements de tambour, battant au rythme de son cœur, qui le tirent en avant.

Alors qu'il n'avait jamais rien dérobé, il a dû résister à la tentation de s'en emparer. Le soir même, il est allé frapper à la porte d'Abdelwaheb et, lui qui n'aimait pas demander, il s'est entendu supplier. Il lui fallait l'une de ces machines. Il s'engageait à ne pas l'abîmer. Il...

Le cheikh ne l'a pas laissé continuer. Quelques années auparavant, le visage enfiévré, Malek lui avait lancé d'une voix haletante : « Je veux être Perdican. » Devenu presque un homme, réclamant un outil pour écrire, il criait : « Je veux être moi. »

Il a promis d'être son ambassadeur et, dès le lendemain, il est allé trouver le directeur, qui lui a appris en riant que les machines, remplacées par de plus modernes, étaient depuis longtemps mises au rancart. Son brillant élève pouvait donc choisir celle qu'il voulait. Malek s'est vu octroyer en prime une boîte de rubans et un fascicule sur l'apprentissage de la dactylographie.

Quant à Abdelwaheb, il lui a offert, sur ses propres deniers, une rame de papier.

Une « rame » ?

Bon vent, Sindbad !

Pour ne pas gêner ses camarades de dortoir, Malek a installé son trésor au foyer. Et tous ses loisirs, ainsi qu'une partie de ses nuits, ont été, pour commencer, employés à apprivoiser le clavier.

Lorsqu'il s'est jugé prêt, il a ouvert, à côté de la machine, l'un de ses carnets de bord pour imprimer ses mots à lui.

Avec solennité, il a engagé une feuille vierge. « Engagé », le mot lui plaisait : une promesse faite à soi-même. Et, tandis qu'il recopiait sa propre prose, le vent de l'inspiration s'est levé, il l'a entraîné dans des courants auxquels il s'est abandonné. Il a oublié son carnet pour laisser les images venir sans entrave sur le papier. La musique s'en est emparée, tendre lorsqu'il écrivait le nom d'une vaillante « Petite Rose », douloureuse à l'évocation de tant d'exils, symphonie au souvenir d'instants de bonheur.

Il n'a pas vu passer les heures. Le soleil se levait quand il a rassemblé les pages de son œuvre et s'est attelé à la couverture.

En haut d'une feuille blanche qu'il cartonnerait par la suite, il a écrit son nom en lettres capitales. « Capital », comme le sang dans les veines, comme le désir de vivre.

MALEK CHEBEL.

Il lui fallait un titre au centre de la page. Il a choisi :

COMMENT DEVENIR SOI ?

Roman, récit, poésie, théâtre ? Il ne pouvait encore

le dire. En écrivant ESSAI, il maintenait toutes les portes ouvertes à son inspiration.

Pour achever la couverture, il ne manquait plus, au bas de la page, que le nom d'un éditeur. Là, il n'a pas hésité : il a choisi l'éditeur qui avait publié les *Rêveries du promeneur solitaire* de Jean-Jacques Rousseau, son frère.

Puis tu as regardé ton œuvre. Ce brûlant bouillonnement de joie dans ta poitrine annonçait de futurs combats. Que t'importait ? Tu avais nommé la flamme.

Tu serais écrivain.

31

Bachelier

C'est tout près du centre, sur la plage Jeanne-d'Arc, le mot « sainte » n'étant plus de saison, alors que tu pique-niquais avec ta famille, que tu as appris la grande nouvelle.

Le visage rougi par la joie, El-Ayeb est venu te l'annoncer : tu étais bachelier.

Tous ceux qui t'entouraient se sont levés pour t'applaudir. Les yeux de Zohra scintillaient, comme la mer en ce jour d'été. Lorsque tu as pris sa main et embrassé chacun de ses doigts, a-t-elle revu le jour où elle les avait plaqués sur le sable pour que le ciel bénisse l'enfant qu'elle portait ?

Sur ce même sable, le long d'une mer aux grises couleurs de ton âme, tu avais accompli cent fois le chemin du centre à l'école, de l'école au centre, de la solitude à l'espoir, de l'espoir au désespoir. Un jour où la tempête soufflait trop fort et risquait de t'emporter, El-Ayeb était venu te chercher. Il t'avait offert un bol de lait chaud parfumé au miel qui t'avait remis sur pieds. Ce souvenir t'a jeté dans ses bras.

Il y a eu des rires. C'est qu'en taille l'élève avait largement dépassé le maître et que c'était le plus grand qui, des larmes dans la voix, remerciait encore et encore le plus petit malgré ses protestations : il n'avait fait que son devoir. Mais tous, et toi le premier, savaient le rôle qu'il avait joué auprès de l'« orphelin ».

Le bonheur t'étouffait. À ton habitude, tu as été incapable de le manifester, répondant à la bruyante allégresse des tiens par des sourires empruntés, alors que, le soir même, écrivant sur ton carnet, en lettres capitales, le mot « BACHELIER », ta joie transpercerait le papier.

La retraite a sonné pour El-Ayeb. À la rentrée prochaine, un nouvel instituteur prendra sa place dans la modeste école en planches tournée vers la mer.

Une cérémonie a été organisée à la mairie afin de rendre hommage à l'instituteur français qui a consacré quarante années de sa vie à l'instruction de petits Algériens qu'on appelait autrefois « indigènes ».

Entre les boiseries dorées de la salle des fêtes, ses anciens élèves – dont quelques-uns sont devenus d'importants personnages de la région – sont nombreux. Averti par Malek, Soltan a fait le déplacement.

Sur l'estrade, parmi les « officiels », El-Ayeb, que l'on n'avait jamais vu que vêtu à l'occidentale, porte la tenue traditionnelle : une tunique claire sur le saroual.

Après avoir obtenu le silence, le maire prend la parole.

– Philippe Duval, commence-t-il, sache que Skikda te considérera toujours comme l'un de ses fils.

« Philippe Duval »... Combien de ceux qui, au fil des années, sont venus s'asseoir sur les bancs de l'unique salle de classe connaissaient-ils le véritable nom de leur instituteur ? « Philippe », emprunté à Philippeville, devenu Skikda, où il était né et dont ses parents, colons depuis des générations, avaient souhaité qu'il porte le nom : celui d'un roi de France.

Les longs et nombreux discours terminés, Malek est monté sur l'estrade et il a présenté à l'instituteur, sur un coussinet de velours grenat, la clé d'un appartement offert par la ville, où celui-ci pourrait, sans soucis financiers, « couler », comme on dit, ses vieux jours, entouré du respect et de l'affection de tous.

Sous la salve d'applaudissements et les youyous des femmes, El-Ayeb n'a pu retenir ses larmes. Qui, à cet instant, aurait pu se douter que Philippe Duval ne passerait que quelques semaines dans l'appartement mis à sa disposition ? En effet, mission accomplie, le Français rentrera à Marseille où de nombreux membres de sa famille, pieds-noirs ou commerçants, contraints de fuir l'Algérie durant la guerre d'indépendance, s'étaient réfugiés, abandonnant sur le sol africain tous leurs biens. Et leur cœur aussi.

Ce sera désormais à ses nombreux neveux et nièces, auxquels il avait préféré les enfants de son pays natal, que l'instit' racontera les histoires magiques, pleines de mer, de soleil et d'espoir, où ceux qui le méritent finissent toujours par remporter la victoire.

Adieu le « Boiteux », grand monsieur.

Adieu l'« artiste », Abdelwaheb, qui bientôt partira lui aussi dire son enthousiasme et sa blessure sur les scènes d'autres théâtres, sans avoir révélé à Malek l'origine de cette brume de tristesse qui parfois embuait son regard et les rendait frères.

Bonjour Constantine, où le bachelier rentrera dès septembre à l'université : option « lettres et philosophie ». Constantine, née d'un œuf de vautour que Malek est bien résolu à voir se poser, apprivoisé, sur ses doigts tendus.

32

La maison-homme

Déception !

Toutes les matières sont enseignées à l'université de Constantine : sciences, médecine, langues, lettres, histoire et géographie, musique, pour n'en citer que quelques-unes. Toutes, sauf une : la philosophie.

Accusée d'être contre-révolutionnaire.

Malek n'en revient pas. Contre-révolutionnaires, Voltaire, Diderot, Rousseau, et tous ces autres grands penseurs qui, au contraire, dans une société sans horizon, dominée par la noblesse et le clergé, ont transformé les esprits, les ont ouverts à la lumière, à une meilleure compréhension du monde ?

Existera-t-il donc toujours des hommes qui, de peur de perdre le pouvoir, chercheront à imposer leur propre vision des choses, interdisant toute réflexion ou remise en cause de leurs préceptes, condamnant ceux qui se refusent à les suivre ?

Et quel symbole, cette mosquée qui s'édifie, pierre après pierre, en face des bâtiments qui devraient être ceux de la libre pensée, mosquée dont on affirme qu'elle sera la plus grande de tout le pays. Quel dieu y honorera-t-on ? Celui de tolérance et d'amour pour ses créatures, dieu de fraternité ? Ou le dieu de menaces et d'interdits derrière lequel se cachent des potentats uniquement préoccupés de régner sur les âmes comme sur les corps.

Karim, étudiant en architecture, avec lequel Malek partage sa chambre à la cité universitaire, affirme qu'il n'y a aucune raison de s'inquiéter. La mosquée ne portera-t-elle pas le nom prestigieux d'El-Emir Abdelkader, commandeur des croyants, également homme de lettres, philosophe et poète, qui, après avoir, dans sa jeunesse, appelé à la guerre sainte, finit sous Louis Napoléon par enjoindre musulmans et chrétiens à devenir frères : « À l'extérieur comme à l'intérieur » ?

Le nouvel ami de Malek plairait à Didouche. Artiste, curieux de tout, il manie l'humour à merveille. Pour lui, le monde est un vaste théâtre où se côtoient comédie et tragédie. Son but est d'en construire le décor.

Devant la déception de son compagnon de chambre, privé de sa matière préférée, il lui a conseillé de s'inscrire comme lui en psychologie, une nouvelle discipline qui vient de faire son entrée dans les programmes.

La psychologie ? Au départ réticent, Malek comprend dès les premiers cours qu'il s'est engagé sur une voie qu'il ne quittera plus.

Les « philosophes des Lumières » avaient façonné son esprit. Freud, Lévi-Strauss, Reich, Bettelheim – entre autres – vont lui enseigner que le corps et l'esprit forment un tout : nier l'un, c'est se mutiler. Pour bien exister, l'homme doit s'accepter dans son entier, avec un corps où, dès le plus jeune âge, la sexualité joue un rôle prépondérant.

« Sexualité », le mot est dit.

Ceux-là mêmes qui, la jugeant dangereuse, ont banni la philosophie des programmes, ont, avec la psychologie, ouvert la porte à sa turbulente petite sœur, faisant entrer le « loup », diraient certains, « Satan », crieraient les autres, dans la bergerie des jeunes esprits.

Malek a toujours considéré la beauté, notamment celle de la femme, comme une preuve de l'existence de Dieu. Ne lit-on pas dans le Coran que l'acte de chair est une « bénédiction divine », recommandée par Allah ? Il va recevoir confirmation de ce qu'il pressentait : le mal n'a pas sa place dans l'attirance entre les deux sexes.

En d'autres domaines, la psychologie va répondre à bien des questions qu'il se posait depuis sa « pas si tendre » enfance. Pourquoi l'épreuve grandit-elle celui-ci alors que celui-là ne s'en relèvera pas ? D'où vient que cette personne va trouver son bonheur à détruire son prochain tandis que son voisin le trouvera à tendre la main à ceux qui ont besoin d'aide ?

Le conscient et l'inconscient : avec l'étude de la psychologie, l'amoureux des mots va apprendre à nommer l'ombre, à éclairer d'anciennes blessures.

Et, bonheur supplémentaire, il pourra, pour la première fois, partager avec un ami autre chose que le pain et les jeux : ses états d'âme... et de corps. Tout ce que, jusque-là, il ne confiait qu'à ses carnets.

Lorsqu'il a appris à Karim sa décision d'être écrivain, l'étudiant en architecture a applaudi des deux mains. Écrire, n'est-ce pas construire avec sa plume des espaces de lumière pour les autres ? Lui, a décidé d'édifier avec des pierres et du ciment des demeures où s'épanouiront les hommes.

Et, sur le sujet, il a sa théorie.

Chaque homme est une maison, composée de pièces différentes dont toutes ont leur utilité et contribuent au bien-être de son occupant. « Bien être ».

Dans la maison-homme, il faut un salon avec balcon pour que celui-ci puisse élargir son univers en regardant et en accueillant les autres. Une pièce dédiée au silence est nécessaire afin qu'il y recueille son âme. La chambre à coucher doit être lumineuse, ouverte sur les jardins du plaisir. La cuisine où se réjouissent les palais a son importance, ainsi que le grenier, où il est recommandé de monter régulièrement faire l'inventaire.

– Et chasser les rats qui vous polluent la vie en promenant leurs sales moustaches dans les malles à souvenirs, surenchérit Malek, l'apprenti psychologue.

Si l'homme veut vivre en harmonie avec lui-même, approuve Karim, toutes les pièces de sa maison doivent communiquer. Hélas, certains gardent en eux des chambres verrouillées où ils refusent d'aller, dont ils ont caché la clé.

De ces chambres s'échappent des relents toxiques, sortes de moisissures de l'âme, qui empoisonnent leur existence et celle de leurs proches.

Et voilà où interviennent leurs chers psychologues ! Ceux-ci aident leurs patients à retrouver la clé des pièces interdites, éclairant ce qui y croupit, venu bien souvent de blessures d'enfance.

Freud, s'amuse Karim, s'est fait le spécialiste de la chambre conjugale, à la poursuite d'un vilain petit Œdipe tournant autour du lit de ses parents, rêvant de voler sa mère à son père.

Dans la maison-homme, Lévi-Strauss l'anthropologue s'intéresse plus particulièrement au salon avec balcon où se réunissent les hommes, afin d'étudier et de comparer leur vie en société. Passionné de linguistique, il y ajoute des bibliothèques bien garnies, où il met en mots ce qu'ils ne parviennent pas à nommer.

Reich le psychanalyste rejette les murs rigides de la morale bourgeoise, tord le cou au fanatisme, tandis que le médecin explore le sujet ô combien brûlant de la sexualité des jeunes.

Enfin, conclut Karim, psychologie et astronomie étant depuis toujours étroitement liées, l'homme-maison ne doit pas hésiter à monter sur le toit pour étudier les astres, en particulier la lune, qui commande à la mer et aux saisons des femmes.

Et là, Malek s'enthousiasme... lancé sur le sujet des rêves.

Effectivement, en étudiant Bettelheim, le célèbre psychanalyste autrichien, Malek n'a-t-il pas retrouvé dans *Psychanalyse des contes de fées* le héros de son enfance : « Sindbad le Marin » ?

Le pêcheur famélique, également surnommé le « portefaix », qui se construisait en rêve de somptueux voyages et des palais princiers pour échapper à la mort.

C'est pour vivre que Malek, depuis toujours, se bâtit des rêves. Pierre à pierre, le « seigneur » édifie ses palais.

33

Sabrina : mon impatiente

La bourse octroyée à Malek par l'État couvre le loyer de sa chambre à la cité universitaire, le restaurant et ses menues dépenses.

La cité se trouvant en dehors de la ville, un autocar vient chercher chaque matin les étudiants et les ramène le soir.

Afin qu'ils puissent se reposer à l'heure chaude, après le déjeuner, deux vastes salles, l'une pour les garçons, l'autre pour les filles, sont mises à leur disposition dans l'un des bâtiments de l'université.

Ces salles sont équipées de stores, pourvues de lits destinés à la sieste, et leurs portes sont vitrées, ce qu'applaudit bien sûr Karim, hostile aux endroits fermés. Mais ce que n'avait pas prévu le concepteur de ces portes, c'est l'usage qui en serait fait.

Tandis que certaines font le guet au cas où un surveillant pointerait le nez, d'autres filles se livrent à un grand « jeu de la séduction », autrement plus torride que celui découvert par Malek sur la plage d'Oran.

Tour à tour, les filles s'approchent de la porte de

la « tentation » et plaquent sur la vitre leurs seins dénudés tandis que, de l'autre côté, les garçons se pressent, dessinant avec leurs mains, leurs lèvres, les vapeurs du désir sur le verre. Les jeunes femmes ne cherchent pas à cacher le leur. Dans un silence brûlant, des noms sont glissés sous la porte, des rendez-vous pris.

Car, contrairement à ce qui se passait à Oran, le jeu n'en restera pas là. La nuit venue, dans les chambres de la cité, ou en des endroits abrités de la ville, des couples se formeront, des corps s'uniront.

On pourrait s'étonner que, cette fois encore, ce soient les filles qui mènent la danse. C'est qu'elles savent que cette danse n'aura qu'un temps. Bien que la plupart soient issues de milieux privilégiés, ouverts à l'évolution de la société, elles n'échapperont pas au mariage, souvent arrangé. Et si leurs familles ont accédé à leur souhait d'entrer à l'université, peu auront la possibilité d'exercer le métier auquel leurs études les préparent. Les enfants venus, la majorité d'entre elles seront condamnées à rester à la maison. Aussi sont-elles décidées à profiter au maximum de leur bref temps de liberté.

Mais gare à celles qui se feraient prendre en s'adonnant au jeu interdit, le plus grand danger étant de se retrouver enceinte. Aucune n'ignore le prix terrible qu'elle devra payer si elle attire le déshonneur sur sa famille.

Le péril a affûté leur instinct de survie et, pour se protéger, elles sont devenues expertes. La plupart n'ont d'autre choix que la méthode Ogino.

Celles-là, on les appelle les « 10-18 », le nombre de

jours où il est exclu de les approcher, durant la période de fertilité. Quelques chanceuses parviennent à se procurer la pilule avec l'aide d'étudiants en médecine. Quelle que soit la méthode employée, elle est scrupuleusement respectée.

Et Malek ?

Jusque-là, il n'avait eu affaire qu'à des filles plus jeunes que lui, moins averties, et sous haute surveillance. Sans doute serait-il parvenu à convaincre celle-ci ou celle-là d'aller plus loin que les baisers ou les caresses échangés. Mais la crainte de mettre ses conquêtes en danger, le respect qu'il porte à la femme, lui ont fait trouver la force de se dominer. Cette longue période de frustration arrive à son terme.

Très vite, le « marin » a pu constater qu'il ne laissait pas indifférentes certaines sirènes. Cependant, il veut se laisser le temps de choisir celle qui, pour lui, sera la première. Et, comme par hasard, il s'agira d'une étudiante qui ne participe pas au jeu de la porte vitrée. Ne s'est-il pas toujours intéressé davantage aux filles réservées qu'à celles réputées « faciles » ?

C'est Karim qui lui a présenté Sabrina au foyer.

Chaque fin d'après-midi, avant de retourner à la cité universitaire, les résidants s'y retrouvent et, dans une joyeuse atmosphère, ils refont inlassablement le monde en dégustant des boissons, assorties de pâtisseries ou d'autres friandises.

Quelques-uns préfèrent lire ou travailler, comme Malek ce soir-là, lorsque Karim s'est approché accompagné d'une fille à la peau claire, aux cheveux châtains, au visage à peine maquillé, contrairement à la plupart.

– Sabrina cherche un coin tranquille pour étudier. Je lui ai promis que tu ne la draguerais pas, a-t-il déclaré avec malice.

Le regard de l'étudiante a croisé celui de Malek. Il s'est contenté d'incliner la tête avec un sourire. Et, sur la table, à côté de ses livres, elle a posé... un herbier.

Sabrina vient de Sétif, où son père tient une officine. Passionnée de plantes médicinales, elle est en deuxième année de pharmacie.

Le soir même, à Malek déjà conquis, Karim a déclaré :

– Celle-là est trop sérieuse pour moi. Je n'y ai jamais goûté.

Sérieuse, Sabrina ? Dans le bon sens du terme : ni fermée ni dédaigneuse comme une dénommée Nora. Aimable avec chacun, curieuse de tous, mais sans chercher à aguicher. Et quand Malek lui a demandé pourquoi elle n'avait jamais participé au jeu de la séduction, elle lui a répondu en riant qu'elle préférait garnir son herbier de plantes exceptionnelles plutôt que de garçons.

D'ailleurs, le prénom que lui a donné son père ne l'a-t-il pas prédestinée au métier auquel elle se prépare ? En effet, « Sabrina » signifie « patience », nom d'une plante potagère. Il existe également une fleur nommée « impatience », qui, une fois plantée, envahit tout le terrain.

Sabrina va envahir le cœur de Malek.

À la recherche d'espèces rares, la jeune fille passe tout son temps libre dans les jardins de la ville ou au pied de la roche qui protège le nid du vautour. Malek lui a demandé l'autorisation de l'accompagner. N'est-il pas, lui aussi, passionné de nature ? Parlant de leurs familles, ils se sont retrouvés en pays de connaissance : des familles aimantes et hospitalières... très attachées à la morale. Bien qu'étant à l'origine de la vocation de sa fille, son père pharmacien s'est montré réticent devant son désir d'entrer à l'université ; il aurait préféré la voir travailler avec lui dans son officine. Mais c'est ouvrir la sienne un jour que souhaite Sabrina.

Au fil de leurs promenades, les jeunes gens se sont mutuellement apprivoisés. Un jour, leurs lèvres se sont tout naturellement rencontrées, leurs mains tendues pour des caresses. Ils savent qu'ils seront bientôt l'un à l'autre, mais, d'un commun accord, ils ont résolu de ne pas brusquer les choses.

Malek a cru comprendre que Sabrina avait vécu une aventure décevante ; raison de plus pour attendre son bon plaisir. Bien sûr, il meurt d'impatience, mais accepte cette mort pour mieux revivre lorsque sa « Patience » se donnera enfin à lui.

Karim suit d'un œil intrigué et bienveillant l'idylle qui se noue. Des trois, c'est peut-être le plus pressé qu'elle aboutisse. Et, ce soir-là – hasard ? complot ? –, il a annoncé à Malek que, ayant rendez-vous avec l'une de ses conquêtes, il ne rentrerait pas de la nuit.

Il est près de dix heures. Profitant d'une soirée calme, Malek travaille à son bureau lorsqu'on frappe à la porte. C'est Sabrina.

Elle porte une robe légère. Dans ses cheveux laissés libres, qui ondulent sur ses épaules, elle a piqué la fleur qui porte son nom. Libres aussi ses pieds ronds dont elle a coloré les ongles. Et, comme elle y pénètre, la chambre s'emplit d'un parfum magique, un parfum de sorcière.

Le cœur soudain fou, les lèvres sèches, Malek s'est levé.

– Attends ! ordonne Sabrina.

D'un petit panier d'osier, elle sort quelques bougies et des bâtonnets d'encens qu'elle dispose çà et là dans la pièce, où bientôt les senteurs de fleurs séchées – jasmin ? lilas ? glycine ? – se mêlent aux flammes dansantes.

Malek, lui, a engagé sur le pick-up la musique constantinoise, appelée « musique de l'extase », le malouf cher à Daloula.

Puis ils vont l'un vers l'autre.

Ils s'embrassent d'abord longuement, puis, sur le lit, tout en se caressant, ils se dévêtent mutuellement et, lorsqu'ils sont nus, c'est cette fois Malek qui supplie : « Attends. »

Il veut, avant que leurs corps communient, s'imprégner de la beauté de celle qu'il aime et, à travers elle, de celle de la Femme. Souveraine, les yeux comme deux diamants noirs assombris par le désir, toute pudeur oubliée, l'Impatiente se livre à son regard.

Alors, sans hâte, avec ses mains, avec sa bouche, il goûte à ses fruits, parcourt ses jardins boisés, boit à sa source pour mieux brûler. Et comme Sabrina l'accueille dans sa chaleur et que le lent et profond mouvement marin les porte, les emporte jusqu'au bouleversant naufrage, tout ce que Malek a appris jusque-là se résume en une certitude : si Dieu a créé l'homme et la femme, c'est pour ce moment de fusion. S'il a voulu qu'ils s'abîment dans ce plaisir, c'est afin qu'ils perpétuent son œuvre en donnant la vie à leur tour.

Et, dans la beauté de cette union, le mal n'a pas sa place.

Il ne cessera jamais de l'écrire.

Cette première année d'université portera pour Malek le nom de Sabrina. Sans pour autant négliger leurs études, ils apprendront chaque jour à se connaître mieux et à s'aimer davantage.

Lors d'un stage de plusieurs semaines, effectué dans une propriété agricole, stage obligatoire afin que les étudiants gâtés découvrent la rudesse du travail manuel et partagent la vie des paysans, ils vivront des moments de totale liberté et de pur bonheur. Il leur arrivera de faire des projets d'avenir.

Avant que, l'année universitaire achevée, les parents de Sabrina, venus la chercher pour les vacances, ne la découvrent si belle et épanouie et qu'ils décident d'arrêter là la danse et de lui trouver un mari.

Ils ne se reverront plus.

34

Fille gâtée ?

Ramdan, l'oncle aux dictées, le faiseur d'étincelles, va se marier. Après Saleh, ce sera le second des frères à convoler. L'élue se prénomme Ghania : la « fortunée ». Elle sort tout juste du lycée, où elle a obtenu son brevet. Une femme plus instruite que son époux ? Qui aurait pu imaginer telle incongruité il y a quelques années ?

Elle a choisi de s'en tenir là. Son unique ambition est de rendre heureux celui qu'elle aime et de lui donner des enfants beaux et en bonne santé. Il faut voir comme Zohra est fière de la présenter à tous. Moussa l'ingénieur s'est « ingénié » à créer pour le futur couple un appartement indépendant dans la belle villa.

La date du mariage a été fixée début septembre, de façon à ce que Malek soit présent, peu avant qu'il n'entame sa quatrième et dernière année d'université.

Combien seront-ils à participer aux réjouissances ? En comptant les différentes branches de la famille et les amis, on devrait approcher des trois cents personnes. Pour héberger ceux qui viendront de loin, les voisins seront mis à contribution.

L'événement se prépare depuis des mois. C'est encore l'époque bénie de l'abondance, de la profusion, et l'on ne regarde pas à la dépense. La tenue des mariés a été commandée en ville, taillée sur mesure dans les tissus les plus précieux. La robe de la mariée sera digne d'une reine. Déjà, les présents affluent de toutes parts.

Malek est arrivé une quinzaine de jours à l'avance afin de profiter des siens. Honoré, fêté par tous, il a éprouvé un sentiment de victoire. Pas de ces victoires que l'on célèbre en brandissant des drapeaux, mais la douce euphorie d'une revanche qui comble l'âme et mouille les yeux. Lors de sa future vie de voyageur, l'« enfant placé » l'éprouvera à chacun de ses retours au bercail.

Comme s'il ne cessait de renouer avec le bonheur.

Le fragile Tayeb est devenu un homme qui joue les maîtres de maison auprès de Zohra : cette maison à laquelle il a tant aspiré. Il s'occupe de tout, il est partout. À l'occasion, il donne un coup de main aux oncles. Il a passé son permis de conduire afin de relayer, si nécessaire, Saleh au volant de son camion.

Rachid, le jeune oncle de Malek, va, durant son séjour, le suivre comme son ombre. Ne le traitez surtout plus de « chouchou », il vous étranglerait. Il a décidé de prendre sa vie en main : il sera « bâtisseur ». Maître du feu comme Ramdan, dompteur de l'eau comme Moussa. Mais, lui, ce sont des villes qu'il rêve d'édifier. Et, pour compenser son manque de diplôme, il ne cesse de lire, d'interroger, de dessiner, d'imaginer.

Bien sûr, Malek lui a parlé de la « maison-homme »

de Karim. Rachid a eu vite fait d'en tirer la conclusion qui s'imposait.

– Toi, c'est parce que tu n'as pas été assez chouchouté, moi, c'est pour l'avoir trop été, que nous visons tous les deux les gratte-ciel.

Et ils ont ri, de ce rire un peu brouillé que l'on a lorsqu'on a partagé avec l'autre le plus intime de soi.

Un peu jaloux de leur amitié, Mahmoud vient souvent les retrouver. Lui, s'est épanoui en secondant Hassan, son frère aîné, dans la demeure d'Amadi. Hassan et sa famille occupent le bâtiment où habitait autrefois Zohra et les siens. La vaste propriété sonne le vide depuis que trois des quatre filles du patriarche se sont mariées. Djami, la seconde épouse, n'est plus reine que d'un homme affaibli et d'un royaume sans sujets.

Il paraît qu'elle s'est adoucie. Elle ne peut ignorer que, sans l'aide financière de ceux qu'elle a obligés à partir, Amadi n'aurait pas pu garder sa maison. A-t-elle enfin compris que la méchanceté ne payait pas ?

Accompagné de Mahmoud, Malek est allé visiter son grand-père. Les cheveux et la barbe de celui-ci ont à présent la couleur de sa robe. Son visage s'est éclairé en le voyant entrer.

Amadi l'a longuement interrogé sur Constantine, où il aimait à se rendre au temps de sa splendeur, conduit par un chauffeur, dans sa belle Peugeot noire.

– Et après l'université, que comptes-tu faire ? a-t-il demandé à son petit-fils.

– Écrire, a répondu Malek avec un aplomb qui l'a étonné lui-même.

Dans le sourire malicieux de Mahmoud, qui se

tenait près de son père, il a revu une très ancienne pochette de crayons de couleur.

Dans le regard d'Amadi, lorsqu'il a levé le Coran devant ses yeux, c'est le mot « Écritures » que Malek a lu.

Le Livre, la Parole... l'écrivain saurait-il se montrer digne des valeurs que le patriarche s'était efforcé de lui transmettre ?

Depuis quarante-huit heures, dans la villa et alentour, les femmes se sont mises à la pâtisserie. C'est tout un quartier qui embaume. Les enfants bourdonnent autour des portes comme des abeilles attirées par l'odeur du sucre.

Depuis vingt-quatre heures, les odeurs de viande et de poisson des boureks farcis et des tajines ont pris le relais. Et, ce matin de noces, dès l'aube, ce sont celles du méchoui, du couscous, des légumes et des épices de toutes sortes qui chantent partout les richesses du sol algérien.

Parés comme des princes, entourés d'Amadi et de ses deux épouses, suivis par la famille et les invités, Ramdan et Ghania sont d'abord allés à la mairie, où les « youyous » des femmes ont explosé lorsque le « oui » a été prononcé et que les anneaux ont été glissés aux doigts des mariés.

Puis le long ruban chatoyant s'est rendu à la mosquée recevoir la bénédiction de l'imam.

À midi, dans la touffeur parfumée, les agapes ont commencé.

Il est six heures. La nuit proche attendrit le ciel. Dans la belle villa et alentour, les enfants se sont calmés. Épuisés, certains dorment au creux des jupes de leur mère, les discussions se poursuivent mezza-voce.

Assise à l'écart, dans la robe légère qui met ses charmes en valeur, Daloula regarde au loin. Certes, elle a participé à la fête et chacun a pu entendre éclater son rire voluptueux comme une invitation au plaisir. Mais, dans ce rire, Malek a entendu le désarroi.

À vingt-cinq ans, la jeune cousine de Zohra n'est toujours pas mariée. Aucun de ceux qui lui ont été présentés par sa famille n'a eu l'heur de lui plaire. Elle vit toujours chez ses parents, qui s'inquiètent : leur infligera-t-elle la honte de rester vieille fille ?

Durant ses trois années à Constantine, Malek a souvent pensé à elle, notamment lorsque les étudiantes se livraient au jeu de la séduction. Qu'en aurait-elle pensé ? Il ne pouvait s'empêcher de la voir s'y joindre. Et, ce soir de mariage, regardant son corps épanoui, lui vient la crainte que la « fille gâtée » ne voit se gâter ses fruits avant d'avoir pu les partager avec le prince charmant tant attendu.

Alors, il va discrètement la prendre par la main et l'entraîne sur la colline où, lui aussi, à l'ombre du grand chêne qui en a tant vu, tant entendu – n'est-ce pas, Sindbad ? –, il s'est souvent interrogé douloureusement sur son avenir.

Assis à son côté, contre le tronc rugueux, pour aider celle qui, autrefois, l'appelait son « petit homme » et qui soudain lui semble aussi fragile qu'une petite fille, Malek va prononcer le mot interdit : « sexualité ».

Il lui raconte Sabrina et les quelques aventures qui ont suivi, peu nombreuses, car, contrairement à Karim, il ne lui plaît pas de vagabonder de l'une à l'autre. Cependant, ayant goûté à la volupté dans les bras d'une femme, il reconnaît qu'il lui serait désormais impossible de s'en passer.

Et il exprime sa certitude que, si l'on respecte sa, ou son, partenaire, faire l'amour n'est pas un péché, mais poursuivre l'œuvre de Dieu.

Comme elle l'écoute, la « fille gâtée » ! Comme elle boit avidement ses paroles ! Desserrant les barreaux d'un silence imposé, il la sent se détendre contre son épaule, se décharger un instant sur lui du poids qui l'accable. Et lorsqu'il lui demande, en contenant sa voix : « Et toi, mon soleil ? », c'est un flot de paroles mêlées de larmes qui s'écoule des belles lèvres fardées.

Le plaisir, Daloula l'a connu ! Elle y a goûté entre les bras de quelques hommes, mais aucun n'a souhaité l'y retenir, en faire son épouse. Et si l'un d'eux le lui avait demandé, aurait-elle accepté ? Daloula refuse de vivre cantonnée entre quatre murs, avec, pour seul horizon, un mari et des enfants. Sans doute ses amants l'ont-ils senti et s'en sont effrayés.

Et voici que les larmes se transforment en sanglots. Ah, pourquoi l'a-t-on privée d'école ? Si la chance lui avait été donnée de faire des études, elle aurait aujourd'hui un métier qui lui permettrait de quitter la maison de ses parents et d'échapper à leurs reproches. Elle serait indépendante.

Silencieux, Malek écoute. Il revoit Sabrina et ses herbiers, rêvant d'être pharmacienne. Qu'est devenue son « impatiente » ? A-t-elle dû se résigner à travailler dans l'ombre de son père ? Il pense aussi à la « mouette rieuse », à toutes ces femmes que l'on empêche de déployer leurs ailes. Dieu fasse qu'un jour elles puissent décider elles-mêmes de leur sort.

Serrant contre lui la « fille gâtée » en larmes, il lui promet qu'elle finira par rencontrer celui qui l'acceptera telle qu'elle est : un corps fait pour l'amour, un esprit libre.

La fin de l'été venue, conduit par Tayeb, il a repris le chemin de l'université et de la libre pensée.

35

Le guide

Pour guider Malek vers son avenir, il y avait d'abord eu Jean-Pierre, un jeune militaire, à la petite école.

À la grande école, un autre Français, instituteur, Philippe Duval, surnommé le « Boiteux », avait pris le relais.

Au lycée, l'Égyptien Abdelwaheb, qui mettait les mots en scène, lui avait permis de nommer la flamme qui l'habitait depuis toujours : celle de l'écriture.

À l'université de Constantine, ce sera à nouveau un Français qui lui désignera le chemin.

Agrégé de philosophie, docteur ès lettres, professeur en sciences humaines, psychiatre, Jean Laplanche, à l'apogée de sa carrière, enseigne la psychologie à Paris-VII.

Une seule exigence a guidé ce parcours hors du commun : rejeter toute idée reçue, ne jamais cesser de se remettre en question, lui et sa vision du monde.

La philosophie, les lettres, pour aboutir à la psychologie... n'est-ce pas très exactement la voie sur laquelle s'est engagé l'étudiant boulimique de connaissances, passionné de tout et qui se sent parfois... citoyen de l'univers ?

Découvrant l'œuvre de Jean Laplanche, Malek ne cesse de s'émerveiller. Le plus extraordinaire étant que ce dernier, toujours à la recherche de pistes nouvelles, fait résolument le parallèle entre la psychanalyse et l'astronomie. Il ne cesse de monter sur le toit de la « maison-homme » pour, « se faufilant entre les astres », parvenir à une meilleure connaissance de l'être humain.

Malek a trouvé son guide.

De cette maison-homme, au cours de ses deux dernières années d'université à Constantine, tandis que s'élèveront toujours plus haut les murs de la mosquée El-Emir Abdelkader, vêtu d'une blouse blanche, Malek explorera avec compassion les pièces les plus obscures en pratiquant la psychiatrie lourde au CHU de la ville du vautour. Et souvent, devant tant de souffrance, il s'interrogera : « Pourquoi eux ? Pourquoi pas moi ? »

Parce que ce gong, ces sonneries, ce cri en lui, qui, depuis ses plus jeunes années, lui ont ordonné :

« Avance si tu veux t'en sortir. »

Il arrive que le doigt du destin vous offre une pirouette en arrière comme pour vous permettre de mieux mesurer le chemin parcouru.

En cette froide soirée de janvier, indifférent au brouhaha qui régnait dans le foyer, Malek s'absorbait dans sa lecture lorsqu'une belle jeune femme est entrée, sur laquelle tous se sont retournés.

Tout d'abord, il ne l'a pas reconnue. La tête portée

moins haut ? La nuque moins raide ? Et, dans le regard, autrefois arrogant, une timidité inattendue.

« Autrefois »... car ne s'était-il pas écoulé cinq années depuis que, sur une scène de théâtre, il lui avait fait ses adieux ?

Elle aussi a semblé hésiter. Le découvrant, elle s'est immobilisée, le front plissé, une question au bord des lèvres, avant de se décider à venir vers lui.

– Malek, c'est bien toi ?

C'était bien elle. Il a répondu.

– C'est moi, Nora.

Après avoir tiré pour elle un siège près du sien, il est allé, le cœur battant, lui chercher une boisson et quelques sucreries dont il la savait friande et, sous l'œil intrigué et gourmand de Karim, il est revenu les poser devant elle, comme un cadeau de bienvenue.

– Comment se fait-il que nous ne nous soyons pas croisés avant ? s'est-il étonné. Tu es là depuis longtemps ?

Tout en buvant son jus de fruits à petites gorgées, sans omettre d'essuyer ses lèvres, la fille du haut fonctionnaire lui a appris que son père avait à nouveau changé d'affectation : d'Oran à Constantine. L'administration l'avait autorisée à passer d'une université à l'autre.

– Et en quoi t'es-tu spécialisée ?

– Les langues.

– Normal pour une adoratrice de « grands auteurs », l'a-t-il taquinée.

Nora a baissé le menton. Avait-elle perçu de l'ironie dans sa voix ? Dans ce cas, elle se trompait. Malek n'éprouvait que de l'émotion.

– Et toi ? l'a-t-elle interrogé en désignant les livres posés sur la table.

– Psychologie : quatrième année.

– Tu écris toujours ?

– Même sans fautes d'orthographe.

Là, sans doute s'est-elle souvenue d'une sèche appréciation sur un poème qui se voulait d'amour, car elle a murmuré :

– Pardon.

Ce « pardon », comme Malek l'avait attendu : « Pardon, je ne savais pas. » Dans ses rêves de jeune homme, enfin reconnu, il prenait Nora dans ses bras. Elle ne résistait pas.

– Tu n'y peux rien si je me prenais pour Perdican, a-t-il simplement dit avec un sourire.

Ils ont bu en silence. Perdican... Il lui semblait planer au-dessus du temps et de lui-même. Jean Laplanche, le poète-astronaute, ne disait-il pas d'un fleuve qu'il coule vers sa source ?

Tandis que, à sa demande, Nora lui racontait ses années à Oran d'une voix pressée, dressant entre eux une barrière de mots comme pour se protéger de l'émotion, Malek observait celle que, durant toute une année, il avait cru aimer : la « princesse lointaine » que le mousquetaire s'était juré de conquérir.

Si le visage s'était adouci, le corps restait barricadé, comme l'indiquait l'ample tunique qui cachait ses formes, descendant jusqu'à ses chevilles. Et tout, sa façon de se mouvoir, ses genoux joints, ses brusques rougeurs, indiquaient à Malek que sa « princesse » était restée vierge.

D'où venait cette méfiance, voire ce dégoût du sexe

masculin qu'elle manifestait déjà au lycée, préférant la compagnie de ses amies à celle des garçons, qu'elle traitait de « balourds » ? Quel balourd, ou quelle brute, était-il la cause de cet enfermement volontaire ?

Malek possédait aujourd'hui les outils nécessaires pour, si Nora le lui permettait, l'aider à voir plus clair dans ce rejet de son corps. Plein d'une tendre amitié, il y était prêt. Mais l'accepterait-elle ?

Comme si elle lisait dans ses pensées, elle a demandé brusquement :

– Et toi, tu as quelqu'un, je suppose ?

Il a répondu « oui », ajoutant aussitôt que cela ne les empêcherait pas de se voir aussi souvent qu'elle le souhaiterait. Et, lorsqu'il a pris sa main, elle s'est détournée pour qu'il ne voie pas les larmes dans ses yeux.

36

Le chapelet des seize

Malek a été surnommé malicieusement le « chapelet des seize ». Seize, la meilleure note donnée à un étudiant pour tout ce qui n'est pas du domaine des sciences et des mathématiques.

Il a affaire à deux sortes de professeurs : ceux qui sont à l'aise avec eux-mêmes et que sa réussite comble ; et les autres, pour qui ses facilités sont une injure à leur propre médiocrité.

Par bonheur, son professeur principal, un Français, Jean-Marie Delavaux, appartient à la première catégorie. Petit-fils de pieds-noirs, fils de commerçants installés à Toulon depuis la guerre d'indépendance, il n'a eu de cesse de revenir, ses études terminées, dans le pays dont sa famille ne savait parler que les larmes aux yeux et, dans la voix, une colère qui dénonçait l'amour.

Une dizaine d'années seulement de plus que ses élèves, bel homme aux cheveux blonds et aux yeux verts, le professeur Delavaux n'est pas sans provoquer un certain émoi dans les rangs de ses étudiantes. Hélas pour celles-ci, il est marié et père comblé de deux enfants.

Quelques semaines avant les examens, il a convoqué Malek dans son bureau. Après l'avoir félicité pour son travail, il a manifesté son désir de le voir venir un jour enseigner à ses côtés à Constantine. Pour cela, Malek devra obtenir, en France, un doctorat en psychologie : trois années d'études supplémentaires ; s'il en est d'accord, son professeur se fait fort de lui obtenir la bourse nécessaire.

Malek en est d'abord resté sans voix : la France ? Depuis toujours il rêve de connaître ce pays qu'il sent le sien au même titre que l'Algérie. Et, « docteur en psychologie », lui ? Le seul frein au bonheur qui bouillonne dans sa poitrine, ce sont les « trois années ». Toute sa famille attend avec impatience son retour à Skikda, persuadée qu'il enseignera au lycée. Comment prendront-ils la nouvelle ? Il anticipe la peine dans les yeux de Zohra.

Penché vers lui, un sourire d'encouragement aux lèvres, Jean-Marie Delavaux semble suivre son combat intérieur.

– Encore faut-il que je réussisse mes examens, s'efforce de plaisanter Malek.

– Faisons comme si !

– Un doctorat en France ? Et puis quoi encore ? Tu t'imagines peut-être qu'on attend là-bas Son Altesse Malek Chebel ? ricanent les enseignants jaloux lorsque s'ébruite la proposition qui lui a été faite.

C'est d'ouvriers pour creuser leurs rues et vider leurs poubelles que les anciens colonisateurs ont besoin, pas d'un « bicot » dans leur université. Il déchantera vite !

Les défis ont toujours stimulé Malek. Rien de tel qu'un mur dressé devant lui pour qu'il fonce. A-t-il d'ailleurs vraiment hésité ? Il ne lui manquait que ce dédain, ces haussements d'épaules, ce « chiche ! ». S'il réussit ses examens, il partira.

Et, sa décision prise, de sa plus belle plume, il écrit une longue lettre à Jean Laplanche dans laquelle il lui exprime son admiration et lui demande de bien vouloir l'accepter parmi ses étudiants. Interloqué par son audace, Jean-Marie Delavaux accepte d'ajouter à sa requête un mot de recommandation.

S'il en est qui ne doutent pas du succès de son entreprise, c'est bien sûr Karim et Nora. Karim fait déjà des projets pour le rejoindre à Paris. Nora cache mal son amertume, se désolant de cette nouvelle et, sans doute, définitive séparation.

Tendu vers le formidable défi, soucieux de mériter la confiance de son professeur, Malek se transforme en moine, durant le dernier mois avant les examens. Un moine qui ne sort le nez de sa cellule qu'à l'arrivée du courrier.

Toujours pas de réponse de Jean Laplanche.

Major ! Après avoir soutenu avec brio son mémoire de licence en psychologie clinique, Malek est reçu premier de sa promotion.

Les ennuis vont commencer.

Car son succès est couronné par trois bourses qui lui permettront de poursuivre ses études en France. Trois bourses entre lesquelles il va devoir choisir.

La première lui est offerte par Constantine : à l'université de Grenoble.

La deuxième, octroyée par l'Algérie, le mènera à Montpellier.

La troisième bourse, venant du consulat de France à Alger, lui propose Aix-en-Provence.

– Alors, cher collègue, quelle destination choisis-tu ? demande tout réjoui le professeur à l'étudiant.

– Aucune, déclare Malek. Je veux aller à Paris étudier avec Jean Laplanche.

– Mais c'est impossible ! Paris ne t'est pas proposé. Et d'ailleurs, Jean Laplanche ne t'a pas répondu.

– Il le fera, s'entête Malek, dents serrées.

– Admettons... Mais, en attendant, tu dois accepter l'une de ces bourses, accomplir les formalités, sinon tu te retrouveras le bec dans l'eau. Prends Aix-en-Provence. Ma famille habite Toulon, elle pourra t'aider. Et tu seras moins dépaysé qu'à Grenoble : un pays de soleil, comme ici.

– Justement, s'insurge Malek. La mer, le soleil, les filles, j'aurai trop de tentations. Il me faut un climat plus rude, qui m'oblige à m'enfermer pour travailler : Paris.

Le professeur éclate de rire : quelle tête de mule !

Plus encore qu'il ne l'imagine.

– On part demain matin pour Alger, ordonne le soir même Malek à Karim.

Celui-ci a fait l'achat d'une voiture d'occasion dans laquelle il promène ses conquêtes et, à l'occasion, ses amis.

– Quelle mouche te pique ? s'amuse Karim.

– Je veux négocier la bourse qui m'est offerte pour Aix-en-Provence. La changer pour Paris. Nora nous accompagnera. L'administration, c'est son truc. Elle saura nous guider là où il le faut.

C'est pourtant à contre-cœur que Nora a accepté : faciliter les démarches qui mèneront Malek loin d'elle : un comble !

Au petit matin, les trois compères prennent la route. En ce début juillet, le soleil frappe fort. Seul Karim parle. Malek fourbit son plan. Nora cache son chagrin : pense-t-elle à Perdican, le brillant « docteur » que repoussait Camille ?

Arrivés à Alger, ils font d'abord halte dans un café pour se rafraîchir. Dans les toilettes, Malek change de chemise, met une cravate, frotte ses chaussures de cuir, domestique sa chevelure.

Il est prêt.

Le consulat de France est un vieux bâtiment de pierre blanche sur lequel flotte le drapeau français. Comme prévu, Nora prend les commandes, se présente avec aisance, obtient sans peine les renseignements nécessaires. Les voici devant la porte adéquate, où une jolie femme blonde les accueille.

Après s'être nommé, Malek lui tend le document qui l'envoie à Aix-en-Provence et annonce d'emblée :

– Je suis attendu à Paris par le professeur Jean Laplanche. Est-il possible de changer ma destination ?

Son interlocutrice ouvre de grands yeux. Visiblement, le nom de l'éminent psychanalyste ne lui dit rien. Elle se tourne vers l'ordinateur flambant neuf qui trône sur son bureau. Ses doigts pianotent sur le clavier où, dans le bleu factice, s'inscrivent des mots électroniques sans chaleur et sans vie.

Puis son regard revient vers Malek.

– Je crains que ce ne soit impossible, déclare-t-elle en lui désignant l'écran. Vous êtes bien affecté à Aix. On ne peut rien y changer.

Alors, pour la première fois, devant ses amis médusés, Malek se met en colère.

– Croyez-vous que c'est une console d'ordinateur qui va décider de ma vie ? tempête-t-il.

Impressionnée, la Française garde un instant le silence. Puis elle rend son document à Malek.

– Vous recevrez en temps voulu votre dossier, ainsi que votre billet d'avion pour Marseille, d'où vous prendrez le car pour Aix. En ce qui concerne Paris, il vous sera plus facile d'obtenir satisfaction là-bas.

Et elle ajoute :

– Bonne chance.

La chance attend Malek à son retour à Constantine : une lettre manuscrite de Jean Laplanche que l'on peut résumer en quelques mots :

« Venez. Je vous attends. »

37

« Ô petit soleil »

– Trois ans ! Trois ans à Paris, mais pourquoi ? se désole Hadja, les larmes au bord de ses paupières fripées.

– Attends, grand-mère. J'en reviendrai « docteur », docteur en psychologie, ça ne t'intéresse pas ? feint de pavoiser Malek.

Avec force, Hadja secoue la tête : la psychologie, ce mot barbare, jamais utilisé jusqu'ici dans la famille, à quoi ça sert ?

– Mais il fait froid à Paris. Et même, il neige. Tu n'as pas l'habitude. Tu vas prendre mal, s'inquiète Zohra.

Malek n'a pas parlé d'Aix-en-Provence. Cela aurait encore compliqué les choses. Et avec la lettre-sésame de Jean Laplanche, il est désormais certain d'obtenir gain de cause : ce sera Paris.

Pour ne pas gâcher les retrouvailles, il a laissé passer une journée avant d'annoncer qu'il repart. Les deux mains sur les épaules de « Petite Rose », en un geste protecteur, Tayeb se tient derrière leur mère : « Moi, je reste, ne t'en fais pas », semble-t-il lui dire.

– En avion, la France est tout près, je reviendrai souvent vous voir, promet Malek.

Il se tourne vers l'oncle Saleh, debout près de la cheminée où, pour remplacer les flammes, une main de femme a placé une poterie ornementée.

– Cette fois, il faudra m'équiper pour le froid, s'efforce-t-il de plaisanter.

... comme avant le premier hiver au centre, lorsqu'il avait eu le droit, au marché, de choisir le vêtement qu'il voulait.

Saleh ne répond pas. Il se contente d'incliner la tête. Ni lui ni ses frères ne songent plus à s'opposer aux décisions de leur neveu. Ils savent que ce serait peine perdue. C'est aussi cela, grandir : ne plus avoir à recevoir d'ordres. Et une sourde tristesse voile le cœur de Malek. Il aurait préféré devoir défendre son choix, pouvoir l'expliquer. Il sent un lien se distendre. Lui, où qu'il soit, même au bout du monde, il ne quittera jamais les siens.

– Tu m'inviteras ? intervient Rachid de sa voix éraillée.

– Aussi souvent que tu voudras.

– Et après ces trois années de... doctorat, s'enquiert Ramdan en butant sur le mot, qu'est-ce que tu feras ?

– J'enseignerai la psychologie.

Nouvelle omission. Malek ne parle pas de Constantine. Pas trop à la fois.

– Je croyais que tu voulais écrire, lance Rachid, cette fois avec défi.

– Je n'ai pas changé d'avis. Mais il faut un moment avant de vivre de sa plume.

« Vivre de sa plume »... quelle belle expression. Comme pour la confirmer, un ange passe.

Mahmoud était présent quand Malek s'est rendu dans la demeure d'Amadi.

Bien des années auparavant, lorsque, muni de son brevet, il avait appris à celui-ci sa décision de se présenter au baccalauréat, son grand-père avait prédit sombrement : « Un jour, tu nous quitteras. »

Après l'avoir embrassé, Malek s'est assis sur le pouf, devant le trône du patriarche qui serrait le Coran dans ses mains, et il lui a annoncé son départ pour la France.

– À Paris ou ailleurs, je resterai toujours près de toi par le cœur.

Cette fois, c'est Mahmoud, le « mousquetaire-à-la-vie-à-la-mort », qui a protesté.

– Pourquoi si loin ? Et nous ? La famille n'est-elle pas le plus important dans la vie d'un homme ?

Le regard d'Amadi s'est éloigné, se fixant vers l'orient.

– Moi aussi, j'ai rêvé d'un grand voyage, a-t-il soupiré. Le pèlerinage à La Mecque. Hélas, je crains de ne pouvoir le faire.

Mahmoud a détourné la tête. Ce n'était pas sa santé dégradée, mais le coût du voyage qui privait son père du pèlerinage. Et il n'y pouvait rien.

En un élan, Malek s'est levé. Il a pris dans ses bras l'homme vieilli par les épreuves.

– Tu partiras l'an prochain. Je viendrai de France exprès pour te mettre dans l'avion, a-t-il promis.

Et à ces mots, l'une des étoiles qui, dans le désert,

illuminent chaque grain de sable et le rendent unique, a resplendi dans les yeux d'Amadi.

Le soir même, Malek a réuni les oncles et leur a parlé de leur père. Tous ont été d'accord pour l'aider à tenir son serment.

Avant son envol pour la France, il y avait quelqu'un que Malek tenait particulièrement à voir : Didouche.

Abdelwaheb n'étant plus là pour l'aider à entretenir la flamme qui l'animait, il ne faisait plus de théâtre qu'en amateur. L'un des clients de son père l'avait embauché dans son atelier de couture. La mode... un moindre mal pour celui qui aimait tant à se déguiser.

Malek a été convié à déjeuner chez les parents de son ami, où celui-ci continuait à vivre.

Pour le recevoir, la famille avait mis les petits plats dans les grands. Se souvenant d'un lointain repas où il avait osé avouer qu'il était un enfant « placé », Malek a éprouvé le même bonheur un peu déchiré qu'à chaque retour chez lui.

Les sœurs de Didi avaient grandi en âge et en beauté. Les petites filles qui jouaient du piano à quatre mains étaient devenues des femmes dont l'aînée était mariée. Le regard de la cadette sur Malek tandis qu'il parlait de ses projets indiquait qu'elle les aurait bien partagés et, à la façon dont ses hôtes lui souriaient, Malek a senti que ses parents ne s'y seraient pas opposés.

On parle de « révolution des astres ». Il y a aussi celles, tout aussi mystérieuses, de la vie : frère de Didouche ?

Celui-ci a tenu à conduire Malek jusqu'à l'aéroport

de Constantine, dans la superbe voiture que lui avait offerte son père. À son ami, et à lui seul, Malek a révélé que c'était pour Marseille qu'il allait s'embarquer. Que sa bourse l'attendait à Aix-en-Provence, où il ferait le nécessaire pour qu'elle soit transférée à Paris. Avec l'appui du professeur Laplanche, il ne risquait rien.

– Paris ! À moi, Paris, a déclamé Didouche-Scaramouche.

Dans les rires qu'ils ont partagés, il y avait tout, même cette tendre nostalgie qui, puisant dans le meilleur des souvenirs, vous embrume les yeux.

Et puis l'avion roule sur le sol, il s'en arrache, il se projette vers le ciel. Et, soudain, Malek se souvient de sa première dent tombée.

Comme le voulait la tradition, il l'avait lancée le plus haut possible en prononçant les mots d'usage, cent fois serinés par Zohra.

« Ô petit soleil, fils de la douceur, je t'envoie ma dent de lait et j'attends de toi qu'en échange tu m'en donnes une en argent. »

Deux ailes d'argent, enflammées par le soleil, l'emportent vers son souhait d'enfant.

38

À moi, Paris !

La mer.

Le gris moutonnement des toits d'où fusent des mâts de pierre et d'ardoise. Le grondement sourd d'un flot roulant dans les rues et les avenues, percé çà et là par l'aboiement d'un klaxon, l'appel d'un enfant, une musique venue d'on ne sait où et, en guise de mouettes, le roucoulement des pigeons.

Les odeurs d'essence, mêlées à celles du macadam qui rime avec « Paname ». Les senteurs de marronniers en pleurs abandonnant aux pluies d'automne leurs dernières feuilles rouillées.

De la fenêtre de sa chambre, au septième étage de la cité universitaire des Citeaux, ainsi nommée en référence à l'ordre des moines cisterciens, Malek découvre la capitale.

Enfin !

Avant d'arriver là et de pouvoir dormir dans un lit, le ventre rempli, il lui a fallu accomplir le parcours du combattant. Cette fois, ce n'est pas un ordinateur, mais une vulgaire question de paperasserie qui a bien failli l'empêcher d'atteindre son but.

À Aix, où, lettre à l'appui, il a déclaré être attendu par le professeur Laplanche à l'université de Censier à Paris, on lui a promis d'examiner son dossier. Confiant, il a dépensé ses derniers deniers pour prendre le train jusqu'à la capitale, rêvant de descendre à chaque gare, de visiter chaque église, de parcourir chaque champ, d'explorer chaque forêt.

Patatras ! Parvenu à destination, se présentant tout heureux au CROUS, il s'est entendu dire que son dossier était en cours d'étude et avait peu de chances d'aboutir, les séminaires du célèbre professeur étant complets. Et, comme il protestait, on lui a rappelé qu'il avait accepté Aix. Et que sa seule chance d'être admis à Paris, était... qu'on ne veuille plus de lui là-bas.

Alors, il abandonne sa valise à la consigne de la gare de Lyon, proche de l'université, et il redescend dans le Midi, cette fois en auto-stop, au gré des bonnes âmes qui veulent bien le prendre et qui le débarquent au cœur de villes inconnues, sans un sou en poche.

Ah, si Zohra et les oncles pouvaient voir leur « docteur » réduit à l'état de clochard, sale, affamé, transi par un début d'automne glacial.

Un clochard qui, arrivé à Aix, saura se montrer si têtu et perturbant que l'on s'empressera de lui signifier son congé.

Remontant vers Paris, toujours en stop, mais cette fois muni des papiers adéquats pour obtenir une bourse ô combien désirée, Malek a la chance d'être pris par un homme de son âge, Gabriel, qui travaille à la Fnac, rayon « musique », au Forum des Halles.

Et le sésame qui leur ouvrira les portes de l'amitié sera leur goût commun pour la musique indienne de Ravi Shankar, qui fait fureur dans la capitale.

En le laissant gare de Lyon où l'attend son bagage, Gabriel lui a donné un conseil : « Paris est un village qu'il faut découvrir à pied. »

Conseil précieux qu'il aura largement le temps de mettre en application. Car, s'il est à présent assuré d'être admis à Censier, il va rester sur le pavé encore un certain temps avant d'être logé et de recevoir sa bourse : dossier en cours.

Re-valise à la consigne. Malek trouvera dans la journée des niches de chaleur à Beaubourg et, pour dormir, le généreux Gabriel, qui habite le Marais, l'hébergera chez lui.

Mais c'est du passé. Et, ce soir, Malek contemple, écoute, hume cette ville si loin de Skikda et de ses douceurs méditerranéennes, où, malgré ses malheurs, il s'est tout de suite senti chez lui.

De retour.

Au pays de Hugo, de Balzac, de Zola, de Dumas et de tous ces auteurs en compagnie desquels, en Algérie, il a vécu tant d'années et dont la pensée l'habite.

Durant ses journées sans toit à Paris, il est parti à leur rencontre. Il a découvert leurs maisons, les ruelles et les cafés où ils cherchaient l'inspiration. Tandis qu'il flânait sur les quais, leurs voix l'ont interpellé depuis les drôles de boîtes en bois des bouquinistes.

L'un de ceux-ci, le voyant picorer dans son étal, a engagé la conversation. Tout étonné de découvrir une telle culture dans la tête du vagabond, il lui a offert un livre jauni dont Malek a dû, ô merveille, ouvrir les pages avec un coupe-papier de fortune pour en délivrer les mots.

Tu l'as encore.

Les cours débutent dans une petite semaine. Sitôt logé, Malek a accompli plusieurs fois le trajet qui, des Citeaux, le mènera à Censier, pour le graver dans sa mémoire. Une vingtaine de minutes, un enchantement !

Les grands architectes qui ont conçu Paris l'ont fait à son intention. Il commence par suivre un philosophe à la vie tumultueuse, passionné de théâtre et de poésie, en longeant le boulevard Diderot jusqu'à la Seine.

Là, deux ponts s'offrent à son choix : le pont d'Austerlitz, ou le pont Sully – sage ministre de Henri IV.

Parvenu rive gauche, un miracle l'attend : le Jardin des plantes. Sur de petits écriteaux, le nom de chacune est inscrit en latin. Ainsi, partout dans le monde, les admirateurs de la nature peuvent-ils les découvrir dans une même langue savante. Des plantes qui, pour Malek et pour lui seul, portent un second nom : Sabrina, son « impatiente ».

Dieu a voulu qu'au sortir de ce beau jardin ait poussé la Grande Mosquée de Paris. Des hommes y entrent, vêtus de blanc. Ce n'est pas au minaret, mais dans les cœurs que retentit l'appel à la prière.

Et, tout de suite, voilà Censier.

Vers les bâtiments duquel, ce matin, Malek se hâte, car il a l'intention de se présenter à Jean Laplanche pour lui exprimer son admiration et sa reconnaissance avant d'assister, cet après-midi, à son premier séminaire.

Il a repéré son bureau la veille. Le cœur battant, il suit le labyrinthe des couloirs, parvient à la porte portant le nom prestigieux. Pourvu que le maître soit là !

Comme il y frappe résolument, une femme d'âge mûr, vêtue de gris, se précipite :

– Attendez ! Vous n'avez pas rendez-vous.

Trop tard ! De l'autre côté de la porte, un « Entrez ! » tonitruant vient de retentir. Sous les yeux affolés de la secrétaire, Malek obtempère.

Derrière la longue table surchargée de papiers et de livres, il reconnaît tout de suite celui qu'il a vu figurer en couverture de ses ouvrages. N'a-t-il pas également, au hasard des pages, découvert Jean Laplanche enfant, posant fièrement entre ses parents, un livre à la main ? Et, un peu plus loin, fait la connaissance de sa belle et souriante épouse ?

Il retrouve le regard aigu derrière les lunettes à monture épaisse, les sourcils broussailleux, l'abondante chevelure, la forte carrure du vigneron, fils d'un Bourguignon et d'une Champenoise, qui, entre deux séminaires ou deux voyages à l'étranger, gère son domaine à Beaune.

Emporté par son enthousiasme, Malek s'élance, fait le tour de la table et, avant que le professeur soit revenu de sa surprise, lui tend la main.

– Merci, maître. C'est grâce à vous que je suis là.

Ce que Malek ignore, c'est que les rares étudiants reçus dans ce bureau n'y entrent qu'en tremblant. Que Jean Laplanche, avec ses sourcils froncés, est aussi craint et redouté qu'il est vénéré. On n'approche pas en sifflotant de la « citadelle ».

Et voilà qui change, ma foi plutôt agréablement, le

savant. Il accepte la main tendue de cet Algérien au beau visage ouvert, au sourire d'enfant, dont il ignore l'identité.

– Pouvez-vous me rappeler votre nom ?

Après s'être nommé, Malek repasse de l'autre côté de la table et, tandis que Laplanche appelle sa secrétaire et lui demande le dossier « Chebel », dévore des yeux chaque centimètre du domaine de son directeur spirituel.

La femme d'âge mûr qui avait tenté de le retenir revient avec une chemise cartonnée, non sans jeter au passage un regard courroucé à l'intrus.

– Merci. Vous pouvez aller !

Le « dragon » éloigné, le professeur feuillette le dossier, où il retrouve la lettre que Malek lui avait envoyée, accompagnée d'un mot de recommandation chaleureux d'un certain Delavaux qu'il ne connaît ni d'Ève ni d'Adam.

Cette lettre si vibrante, pleine d'un tel espoir qu'il n'avait pas hésité à y répondre de sa main par l'affirmative. Et puis toutes ces mentions « très bien » sur la tête d'un enfant du Maghreb n'avaient pas été sans l'intriguer.

Son regard revient sur l'étudiant, assis bien droit sur sa chaise, attendant qu'il reprenne la parole, avec respect mais sans crainte aucune.

– Vous êtes à Paris depuis longtemps ? Vous avez fait bon voyage ?

– Excellent, répond Malek d'une voix enthousiaste, oubliant dans l'instant froid, faim et privations.

Si la revêche secrétaire était là, elle n'en reviendrait pas. Jean Laplanche, qui a pu voir dans le dossier le difficile trajet de son nouvel élève, n'a-t-il pas souri ? Et chacun connaît la rareté des sourires du maître.

De cette première rencontre naîtra une considération mutuelle, faite d'admiration d'une part, d'intérêt profond de l'autre, qui vaudra un jour à Malek le privilège d'être reçu dans le saint des saints : la famille de Jean Laplanche, rue de Varenne.

« Ô petit soleil, fils de la douceur, j'attends de toi une étoile en argent. »

Le vœu lancé par l'enfant avec sa dent de lait est en train de se réaliser.

39

Une très précieuse pochette

Il y a les moments somptueux, les moments intenses, au silence de cathédrale, où quatre cents étudiants privilégiés écoutent la parole du maître dans le grand amphithéâtre, comme autrefois Socrate était écouté par ses disciples.

Les têtes de toutes ces jeunes femmes, de tous ces jeunes hommes, sont pleines de connaissances. Ils ont rédigé des thèses et sont largement diplômés. Le moment est venu pour eux de former leur propre pensée, d'entrer en contact avec eux-mêmes, de choisir leur voie, leur vie.

Pas question d'interrompre l'éminent professeur, qui, parfois, parle durant plusieurs heures. Il est arrivé que l'un ou l'autre de ses disciples tombe dans les pommes.

D'autres enseignants, assistants du maître, animent des groupes plus restreints, répondent aux questions des étudiants, les dirigent dans le choix de leur thèse et en suivent l'évolution.

Sur le conseil de l'un d'eux, Malek a choisi comme sujet : « Les carences alimentaires du nourrisson ».

N'en déplaise aux oiseaux de mauvais augure de Constantine, il s'est fait très vite des amis. Il prend en leur compagnie ses repas au « resto-U ». Quelle animation, quelle gaieté, et surtout quels fructueux échanges ! Avec eux, il découvre Paris, les hauts lieux de culture et de beauté : monuments, musées, théâtres. Et aussi ceux du plaisir et des fêtes : cabarets, bistrots, cinémas. Il est resté en contact avec Gabriel, qui se mêle volontiers à leurs expéditions dans le monde de la nuit.

Durant la journée, son lieu de prédilection est la Bibliothèque nationale. Quand il prend place sur les sièges où, avant lui, tant d'éminents auteurs ont posé leur « auguste derrière », et qu'il se plonge dans leurs ouvrages, l'exaltation l'emporte. Il lui semble voir leurs mains se tendre vers lui.

Pas question pour autant de se limiter à la Nationale. Grâce à sa carte d'étudiant, Malek s'est inscrit dans de nombreuses autres bibliothèques et, dans chacune, il découvre des trésors. Bien souvent, il ne regagne ses pénates que lorsqu'on le pousse dehors.

C'est ainsi qu'en cette fin d'après-midi, revenant chez lui, enivré de littérature, il oublie son cartable sur le siège de l'autobus.

Durant ses nombreuses années de galère, Malek n'a jamais éprouvé la peur, mais le voilà pris de panique. Et si celui-ci lui était volé !

Il court sans s'arrêter jusqu'au terminus de la ligne, par bonheur proche : la gare de Lyon. Il pénètre en trombe dans la pièce où tout ce qui est ramassé dans les véhicules est étiqueté et envoyé aux Objets perdus, à l'autre bout de la capitale.

Sa serviette est là, entre les mains d'une employée en uniforme de la RATP, qui la vide de son contenu : des feuilles blanches, un cahier, des stylos. Et la très précieuse pochette contenant une bonne douzaine de cartes de bibliothèque, qu'elle est en train d'aligner sur une table.

Avant que Malek, à bout de souffle, ait pu prononcer un mot, elle désigne celles-ci et constate :

– Elles sont à vous, n'est-ce pas ? Vous êtes monsieur Chebel ?

– Elles sont à moi, confirme-t-il. Je suis étudiant. Puis-je récupérer mon cartable ? Comme vous le voyez, il ne renferme aucun objet de valeur.

« Aucun objet de valeur ? »

L'employée a un sourire. Quasi religieusement, elle rassemble les cartes, elle rassemble ce qui n'a pas de prix : le savoir. Et, après avoir remis les feuilles blanches et les stylos dedans, elle rend à Malek son cartable en lui tendant la main.

– Merci, lui dit-elle alors.

Ce « merci » prononcé par une femme qui n'a probablement pas eu la chance de fréquenter les bibliothèques, Malek n'est pas près de l'oublier. Rentrant chez lui, il se fait une promesse : un jour, il aura son nom sur la liste des ouvrages à emprunter. Il prendra la main de ceux qui se saisiront de ses livres. Il leur apportera un peu de la lumière qu'il a vue briller dans les yeux de l'inconnue.

Parmi les étudiantes, Malek s'est fait des amies. Et même ce qu'on appelle de « bonnes amies ». Il y a eu Sylvie, puis Dany, puis Anne, puis Jeanine.

Leur attitude l'a d'abord surpris : un mélange de « chasseuses » et d'« oies blanches ». Mai 68 étant passé par là, et la libération sexuelle, elles osent exprimer leurs désirs, mais croient toujours au « prince charmant ».

Et, à la différence des étudiantes de Constantine, les jeunes Françaises ont tout le temps devant elles, « la vie », disent-elles. Aucun danger que leur famille les marie contre leur gré. Perdre sa virginité n'est plus un handicap. Elles auront la possibilité d'exercer le métier auquel leurs études les préparent.

Splendide liberté dont elles n'ont pas conscience.

Certaines, parmi les plus jeunes, à la fois désireuses de « sauter le pas » et effarouchées, se montrent maladroites dans leurs tentatives de séduction. Les préalables sont souvent longs. Ce ne seraient pas elles qui iraient plaquer leurs seins sur la porte vitrée d'un dortoir.

Les amis de Malek l'ont mis en garde.

– Attention ! Si tu t'engages trop, tu risques de te retrouver la bague au doigt.

Ce risque, l'oiseau de passage, venu d'un pays étranger, le court moins que d'autres. Mais, prudent, il ne promettra jamais rien à ses quelques conquêtes et, fidèle à lui-même, traitera chacune avec tout le respect dû à la Femme.

Étudiants des deux sexes vont souvent, le dimanche, flâner sur les Grands Boulevards, riches en salles de spectacles. Cet après-midi-là, sortant du cinéma, soudain Malek s'arrête, le cœur battant plus vite.

Il se trouve devant le Théâtre de l'Ambigu, où les

Américains ont tourné le plus beau et le plus long duel du cinéma hollywoodien, entre Scaramouche et le marquis de Maynes. Deux hommes qui ignoraient qu'ils étaient frères, interprétés par Stewart Granger et Mel Ferrer.

« À moi, Paris ! » crie la voix gouailleuse de Didouche à son oreille.

– Alors, tu viens ? Qu'est-ce que tu attends ? l'appellent ses amis qui ont continué leur chemin.

Il les rejoint, cachant une soudaine nostalgie : il est des souvenirs impossibles à partager. Ils riraient s'il leur confiait qu'il a été Scaramouche.

Et continue de l'être dans son duel avec la vie, en maniant des épées de lumière.

Avril est là, la saison où Skikda embaume du parfum des fleurs qui partout explose.

Des tourbillons de pétales blancs dansent dans le ciel lorsque Malek s'éveille ce matin-là.

Il neige.

Il entend la voix vibrante de Mahmoud, bien droit près du fauteuil d'Amadi : « Quel besoin de partir si loin ? La famille n'est-elle pas ce que nous avons de plus précieux dans la vie ? »

Oh, combien il est d'accord ! Et pourtant, cette séparation, comme celles qui l'ont précédée, n'est-ce pas lui qui l'a voulue ?

C'est à présent Rachid qui lui parle à l'oreille.

« Toi, c'est de n'avoir pas été assez chouchouté. Moi, c'est de l'avoir été trop qui nous fait viser les étoiles. »

Au plus profond de lui, Malek sait que sa vie sera faite de départs et de retrouvailles, de jours de lumière et de nuits sans étoiles. Le prix à payer pour l'arpenteur de l'univers.

40

Le pèlerinage

« Nous sommes vieux, monseigneur, et vous êtes un homme », dit le chœur des villageois à Perdican.

Et celui-ci répond : « Vos têtes ont blanchi, vos pas sont devenus plus lents, c'est à moi d'être votre père, à vous qui avez été le mien. »

Amadi est un enfant aux cheveux blancs qui barre les jours le séparant du pèlerinage à La Mecque.

C'est bien sûr Saleh qui a tout organisé. Le départ a été fixé en fonction de l'année solaire : début octobre. La meilleure agence a été choisie à Alger. C'est de là que s'envoleront les pèlerins pour Djedda, en Arabie Saoudite.

Le patriarche ne part pas seul. Hadja, sa première épouse, l'accompagnera. Les oncles ont tenu à offrir ce cadeau à leur mère : durant une quinzaine, sous l'œil de Dieu, elle redeviendra la favorite.

Bien sûr, Djami a tempêté, menacé, mais ils ont tenu bon. Et elle n'a pas à s'inquiéter : la chasteté étant de rigueur lors du pèlerinage, le couple fera chambre à part.

Des guides conduiront d'abord le groupe de pèlerins à Arafat, la colline de la « Reconnaissance », celle où Adam et Ève se sont retrouvés. Là, vêtus de l'ihram, la robe blanche symbole du linceul, ils demanderont à Allah de pardonner leurs offenses, acceptant la mort et le dépouillement pour mieux renaître à la vie.

Enfin, ils rejoindront de nouveau la ville sainte et, dans la maison de Dieu, toucheront la Kaaba, le mégalithe choisi par le patriarche Abraham afin d'incarner le lien entre le ciel et la terre, et qui, de rouge irisé, est devenu noir à force de recueillir, à chaque seconde qui passe, les péchés des hommes.

Malek est arrivé dès juillet à Skikda, accueilli par tous avec bonheur. Combien de fois a-t-il dû raconter à la famille et aux amis sa vie d'étudiant à Paris ? Zohra imprimait chaque parole dans sa mémoire pour s'en nourrir lorsqu'il repartirait.

Parmi les cadeaux qu'il avait rapportés aux siens, la tour Eiffel dans une boule de verre où tombait la neige lorsqu'on la retournait a obtenu un gros succès.

Chaque soir, les « mousquetaires » ont tenu réunion dans sa chambre, avides de détails sur sa vie nocturne dans la capitale ! Spectacles, cabarets et autres lieux magiques de découverte... en compagnie.

Pour étayer sa thèse sur les carences alimentaires du nourrisson, Malek est tenu d'effectuer un stage à l'hôpital. Pourquoi pas celui de Skikda ? Il faut voir avec quel enthousiasme le directeur le reçoit. La tâche est gigantesque ; le personnel, trop peu nombreux, parle toutes les langues : une vraie tour de Babel. Un

« docteur » comme l'est Malek saura certainement se faire comprendre.

C'est ainsi qu'un beau matin il se retrouve en blouse blanche, nommé assistant d'une gynécologue russe que personne ne comprend.

Tatiana est une force de la nature, belle, large, autoritaire. Après l'avoir jaugé, elle pose quelques questions à son collaborateur dans un français approximatif et, apparemment satisfaite, l'attrape par le bras et l'entraîne dans une salle d'examen où une femme gémit sous un drap, son ventre rebondi indiquant qu'elle est sur le point d'accoucher.

– Tu vas commencer par me faire un toucher vaginal. Je vais te montrer.

Sans hésitation, Malek enfile des gants et s'exécute. En lui-même, il sourit : le « nourrisson » n'est pas loin.

Durant son mois de stage, il pratiquera, sous la direction de la redoutable gynécologue, plus de quarante interventions par jour : accouchements, césariennes, curetages. Il lui arrivera également de traiter des maladies vénériennes.

Cet après-midi torride d'août, alors que, dans le vombrissement des pales d'un ventilateur, il reçoit ses patients dans le cabinet mis à sa disposition près de celui de Tatiana, la porte s'ouvre sur une belle jeune femme qui s'arrête net en le découvrant.

– Oh non, pas toi, Malek !

Il a reconnu le visage et la voix. C'est Warda, Warda-Rosette, amie de Nora, qui, par son naturel et sa gaieté, lui rappelait tant Kenza.

Tout heureux, il se lève, la prend aux épaules, l'embrasse comme du bon pain. Ah, les divines surprises de la vie !

Warda est mariée depuis cinq ans, heureuse, épanouie, mère de trois enfants. Elle attend son quatrième, mais pas question de se laisser examiner par Perdican. Qu'il soit « docteur » ou non...

Malek la rassure : Tatiana s'en chargera.

Et les voilà, discutant du « bon vieux temps », tandis que, dans le couloir, la file des patients s'allonge.

– Tu ne me regardais même pas, lui reproche Warda. Tu n'en avais que pour Nora.

– Qui ignorait mon existence...

C'est ainsi que de souffrances, dont on s'imaginait ne jamais se remettre, naissent des éclats de rire.

Des souffrances, des douleurs, Malek va en découvrir d'autrement importantes durant son mois de stage.

Ces jeunes filles en larmes, sur le point de se marier, qui redoutent la réaction de leur époux lorsqu'il s'apercevra qu'elles ne sont plus vierges. Celle-là, vivant encore chez ses parents, qui se retrouve enceinte et le supplie de pratiquer une interruption de grossesse. N'est-ce pas autorisé en France, grâce à Simone Veil ? Cette autre, au regard de biche traquée, accompagnée d'une mère voilée qui refuse à grands cris que Malek s'occupe de sa fille, et dont Tatiana lui apprendra que le père la tient enfermée, en raison d'un trop grand appétit de vie... en train de se transformer en dépression.

C'est ainsi que notre « docteur » décidera de changer de sujet de thèse, et, des « Carences alimentaires du nourrisson », passera à « Tabou de la virginité au Maghreb ».

Carence d'une nourriture essentielle à la vie : la liberté.

Le grand jour du départ pour La Mecque est venu. Tous les voisins sont sortis sur le pas de leur porte pour saluer Amadi et Hadja, resplendissants de bonheur et de fierté.

Ils vont prendre l'avion pour la première fois : baptême de l'air. Baptême tout court ?

Zohra et ses frères ont décidé de les accompagner jusqu'à l'aéroport d'Alger, d'où Malek s'envolera quelques heures plus tard pour Paris : mission accomplie.

La tante Kaera les a rejoints devant la grande baie où les familles se pressent pour voir la longue file blanche des pèlerins se diriger vers l'avion aux ailes étincelantes et monter l'échelle comme une première marche vers l'Éternel. La main de Zohra se glisse dans celle de son fils. Il entend sans qu'elle les prononce les paroles d'une chanson de Barbara qu'il est allé écouter avec Gabriel.

On y parle des beautés de la capitale, de fleurs, d'absence.

« Je reprendrai la route, le monde m'émerveille. »

Le refrain semble s'adresser à lui.

« Dis, quand reviendras-tu ? Dis, au moins le sais-tu ? »

Se fend le cœur du voyageur.

41

Daniel

Voilà longtemps que Malek avait remarqué cet étudiant plus âgé que les autres, au visage sérieux, sobrement vêtu, que l'on ne voyait que dans les séminaires de Jean Laplanche : Daniel de Marcillac. L'un des rares privilégiés à être admis sans rendez-vous dans le bureau du maître, accueilli avec le sourire par la redoutable secrétaire-dragon.

Il n'en fallait pas plus pour que son imagination s'enflamme, mais ses tentatives de rapprochement avaient échoué. Ils n'avaient échangé que quelques paroles courtoises.

De son côté, Malek n'a pas à se plaindre. Son professeur le traite avec une particulière attention. Il suit ses progrès, s'amuse de sa boulimie d'apprendre, le reçoit chaque fois qu'il le demande.

Lorsque, à la rentrée, Malek lui a fait part de son changement de sujet de thèse, Jean Laplanche s'est diverti au récit des nombreux accouchements qu'il avait pratiqués dans sa ville natale. Normal qu'il en ait assez du nourrisson et se tourne à présent vers la mère.

Et voici que, suprême honneur, peu après son retour, il est invité à déjeuner chez son professeur. Et qui retrouve-t-il rue de Varenne ? Daniel de Marcillac.

Durant le repas, interrogé avec bienveillance par la ravissante épouse de son hôte, il raconte le départ en pèlerinage de son grand-père, son bonheur de voir exaucé grâce à ses fils le vœu ardent que tout musulman porte au cœur.

C'est alors que les yeux clairs de Daniel plongent dans les siens et que celui-ci prononce, avec cette foi dont on dit qu'elle soulève les montagnes, ces paroles qui bouleversent Malek :

– Tu sais, moi aussi je suis croyant. J'ai été ordonné prêtre il y a deux ans.

Prêtre et psychanalyste ! Malek est ébloui. Deux lumières se rejoignent.

De cette confidence, offerte par Daniel à Malek, naîtra une amitié qui ne se démentira pas.

Les différentes religions, le besoin fondamental qu'a l'homme de croire qu'il ne vient pas de rien et ne vit pas en vain, que l'attendent après sa mort une renaissance et un être supérieur qui partout s'appelle Dieu, donneront lieu entre eux à d'intenses échanges.

Ils s'accorderont sur l'idée d'un dieu de lumière et de miséricorde et non, comme l'entendent les intégristes, d'un dieu de répression, impitoyable et vengeur.

Ils s'accorderont également dans leur admiration pour saint Augustin, fils adoptif de l'Algérie, dont Daniel a étudié l'*Histoire de la pensée chrétienne.* Et n'hésiteront pas à associer son nom à celui du grand Abdelkader.

Malek est régulièrement invité chez les parents de son ami, qui vivent dans un bel appartement près du bois de Boulogne. Il retrouve chez eux l'accueil chaleureux et joyeux qui lui était réservé chez Didouche. Il s'y sent chez lui.

Lorsqu'il a exprimé le souhait d'assister à une messe célébrée par son ami, celui-ci lui a répondu avec un sourire :

– Eh bien, il t'en a fallu du temps pour me le demander !

C'est un dimanche, et la paroisse de Daniel est pleine. Y règne l'atmosphère fraternelle d'hommes et de femmes de bonne volonté rassemblés dans une même croyance, une même ferveur.

Sur le missel que lui a prêté le prêtre, Malek suit chaque phase de l'office. L'homélie, où celui-ci ne parle que de partage, d'amour et de pardon, le remplit de joie.

Lorsque, les bras en croix, les yeux fixés sur l'hostie devenue corps du Christ, Daniel prononce le Notre Père, il se prend à en murmurer les paroles : « Notre Père qui êtes aux cieux. » Mais ce seront celles du psaume qui termine la messe qui resteront gravées en lui.

« Louez Dieu au son de la trompette.
Louez-Le sur la lyre et la harpe.
Louez-Le par le tambourin et la danse.
Que tout ce qui respire loue le Seigneur. »

Dieu d'allégresse !

Depuis ce jour, Malek n'a plus qu'un rêve : posséder une soutane, la robe au chapelet de dix-huit boutons.

Pourquoi ce rêve ? Il ne saurait le dire. Certes, il croit en Dieu, un dieu universel, mais il se sait trop attaché aux plaisirs terrestres pour tout sacrifier afin de Le servir.

Est-ce du symbole que l'élève de Laplanche rêve de se revêtir ? Cette couleur noire qui, sous ses plis, renferme la lumière et non le deuil ?

Lorsqu'il a osé lui en parler, Daniel ne s'est pas offusqué. Sans doute le psy a-t-il compris, mieux que Malek, la raison profonde de son souhait. En tendant la main au chrétien, le musulman crée le lien de la concorde entre les deux pays qu'il aime. Suivant l'exemple d'Abdelkader ?

Toujours est-il que Daniel a accepté sans hésiter.

Au grand dam de la bonne sœur qui, à la paroisse, se charge de l'entretien des vêtements sacerdotaux, à laquelle le prêtre a demandé de trouver une soutane pour son ami.

Une soutane pour un Arabe ? Un étudiant – elle a les yeux pour deviner – qui fréquente les filles, hante les boîtes de nuit et ignore les Dix Commandements.

Il a bien fallu qu'elle s'incline. Alors, elle a choisi l'une des plus usées, l'a rapiécée, lavée et repassée, avant de la remettre en maugréant à SON curé.

Malek l'a d'abord revêtue dans sa chambre, cherchant, le cœur battant, à se voir dans le petit miroir au-dessus de son lavabo. Puis, loin de l'université afin que son geste ne soit pas interprété comme un acte de dérision, il l'a portée dans les rues de Paris. Et là, se mirant dans le regard à la fois étonné et respectueux des passants, il a compris qu'il se voulait tout simplement disciple du Grand Messager de tolérance et d'amour entre les peuples.

TABOU DE LA VIRGINITÉ AU MAGHREB.

Malek a soutenu sa thèse devant Jean Laplanche, entouré d'un aréopage de professeurs. Parmi le public se trouvait Daniel. Mention « très bien ».

Il a obtenu son diplôme. Nouvelle mention « très bien ».

Le voilà parvenu au but qu'il s'était fixé avec Jean-Marie Delavaux. Muni de son titre de docteur en psychopathologie clinique et psychanalyse, il peut revenir à Constantine et enseigner à ses côtés.

C'est mal connaître le besoin irrépressible de Malek d'apprendre toujours davantage, d'avancer encore et encore. Encouragé par Jean Laplanche qui se fait fort de lui obtenir une nouvelle bourse, Malek appelle son professeur et lui annonce sa décision d'étudier deux années supplémentaires à Paris, cette fois à Jussieu, où il préparera un doctorat d'anthropologie et de sciences de la religion.

Sciences de la religion ? Il n'est pas certain que la soutane offerte par Daniel soit étrangère à son choix.

42

El Bahri, le marin

Le pèlerinage à La Mecque avait transformé le regard d'Amadi. Toute amertume en avait disparu. L'ihram – le linceul – s'était changé en robe de baptême. Un nouvel homme occupait à présent ce qu'il restait de son ancien domaine.

Il avait accepté la perte de ses richesses comme une épreuve envoyée par Dieu afin qu'il se défasse de l'orgueil et de l'esprit de possession.

N'est-il pas dit dans la tradition musulmane qu'il est plus difficile pour le riche d'entrer au paradis que pour un chameau de passer par le chas d'une aiguille ?

Le regard de Daloula reflétait le bonheur. Comme le lui avait promis Malek, la « fille gâtée » avait enfin trouvé celui qui l'aimait pour ce qu'elle était : belle et libre.

Libre comme la mer, dont son fiancé portait le nom : El Bahri.

Membre de la marine marchande, celui-ci bourlinguait de pays en pays. Les vastes horizons, le grand large, avaient ouvert son esprit. Jamais il ne tenterait d'enfermer sa femme entre les murs de la maison qu'il faisait construire pour elle. Il ne cesserait, au contraire, de lui offrir le monde avec des présents de toutes sortes rapportés de ses voyages.

Et le plus beau cadeau qu'il ferait à Daloula serait de lui donner la possibilité de s'instruire. Elle apprendrait à lire, à écrire et à compter et en remercierait son époux en le rendant père plusieurs fois.

Daloula avait tenu à attendre le retour de Malek pour se marier et celui-ci se souviendrait longtemps du « oui » lancé par elle devant Dieu et devant les hommes : un « oui » triomphant à la vie.

La femme de Mahmoud s'apprêtait à lui donner un second enfant. L'oncle Rachid était amoureux. Amadi avait retrouvé ses richesses : celles que lui apportait une famille qui ne cessait de croître autour de lui.

Quand Malek avait annoncé son intention de prolonger de deux ans ses études à Paris, un silence accablé était tombé dans le salon de la villa.

– Et après ? s'était enquise Zohra d'une petite voix.

– Après, j'enseignerai à Constantine.

Son cri du cœur avait transpercé la poitrine de Malek.

– Mais pourquoi pas ici ?

Lorsqu'il avait répondu : « Maman, il n'y a pas d'université à Skikda », les regards s'étaient détournés, comme l'accusant de mépriser la ville, SA ville. Hormis celui du marin, dont la mer était le pays, et dans lequel Malek, autre voyageur, avait lu la compréhension.

Sous le ciel gris de Paris, il a retrouvé sa chambre aux Citeaux. Lui, c'est entre Censier et Jussieu qu'il bourlinguera durant deux années, guidé par de savants et bienveillants capitaines qui combleront sa soif de nouveaux territoires.

Pour sujet de thèse, il a choisi « Le corps dans la tradition du Maghreb », suite logique de « Tabou de la virginité ». Il y travaille avec acharnement, son cerveau est bien organisé, l'écriture est son royaume ; il en termine la rédaction avec six mois d'avance.

Reste à la mettre au propre.

La frappe de leur thèse représente un problème majeur pour nombre d'étudiants désargentés. Certes, il existe au Quartier latin des maisons spécialisées, mais le coût du feuillet est inabordable pour ceux qui n'ont pas une famille pour les aider.

Alors Malek se souvient de ces longues nuits durant lesquelles, au lycée de Skikda, il a appris la dactylographie. Usant de tout son charme, il obtient d'une secrétaire de Jussieu le prêt d'une machine à écrire et, tandis qu'il tape sa prose, remonte en lui, exaltant, douloureux, le désir d'être un jour publié.

Écrivain.

Un désir qui ne l'a jamais quitté.

Il ne savait pas que le chemin serait si long.

Il s'en est ouvert à Daniel, dont la thèse paraîtra bientôt aux PUF, la prestigieuse maison d'édition des universitaires. Comme il l'envie ! Daniel a ri. Lui, écrivain ? Certainement pas. L'écrivain est un créateur qui donne vie à ses propres mots, à son appréhension personnelle du monde. Daniel se contente de retranscrire le message du créateur suprême : Dieu.

Son ouvrage est terminé. Inscrivant le titre sur la couverture, Malek revoit soudain celui qu'il avait donné à sa première œuvre, inspirée de ses carnets de route :

« COMMENT DEVENIR SOI ! »

Une bourrasque dévaste sa poitrine.

Il le deviendra. Il s'en fait le serment.

Il a remis son travail à Georges Balandier, autre sociologue fameux, grand connaisseur de l'Afrique. Balandier est le directeur de la collection dans laquelle Malek rêve d'être un jour publié. Prochaine étape : la soutenance de sa thèse, une fois que celle-ci aura été lue par son directeur et les autres professeurs qui composent le jury, c'est-à-dire dans plusieurs mois.

Malek sait comment employer tout ce temps-là : un rêve de plus.

Le village Paris n'a plus de secrets pour lui. Durant les quatre dernières années, il en a découvert la plupart des richesses. Lui reste à arpenter la France et les pays environnants.

Avec les économies réalisées sur ses bourses, il s'achète une petite Renault 5. Et durant tout un trimestre, entrecoupé par de brefs retours à Paris, seul ou avec des amis, il va se promener. Tout d'abord dans cette « Douce France, cher pays de mon enfance », comme dit la chanson de Trenet qui sera reprise un jour par le groupe Carte de Séjour... puis en Suisse et en Belgique, toutes proches, et aussi en Allemagne et en Autriche. En Italie et au pays de Platon.

« L'essentiel réside toujours dans le détail », disait Léonard de Vinci dont il a admiré la mystérieuse *Joconde* au Louvre.

C'est souvent un détail qui fixe dans la mémoire les moments importants de la vie. Si Malek ne devait en garder qu'un de ces mois de bonheur et de rencontres, ce serait celui-ci.

Le port d'Athènes. Un bateau de croisière sur lequel il s'apprête à embarquer pour la Crète. Perchées sur la rambarde, une dizaine de jeunes filles. Leur corsage léger dévoile la naissance de leurs seins. Le vent soulève leurs jupes, offrant aux regards leurs jambes dorées. Elles n'en ont cure. Elles pépient comme des mouettes, ivres de ciel bleu. On les dirait prêtes à s'envoler. Elles le sont, splendidement accordées à la nature. Un hymne à la vie où le mal n'a pas sa place.

Malek a obtenu son diplôme avec mention. Il a soutenu sa thèse devant Vincent Monteil et ses deux « Jean » : Jean Duvignaud, et, dans le public, Jean Laplanche à côté de Daniel.

Il a pris un dernier repas avec ses amis.

– Tu devrais retravailler ta thèse en vue d'une publication, lui a conseillé Jean Laplanche.

– Si tu as besoin d'une recommandation aux PUF... a proposé Daniel.

Pourquoi pas ?

Après quelques semaines passées à Skikda parmi les siens, c'est le cœur plein d'espoir que Malek reprend le chemin de Constantine.

Dans ses bagages, il n'a pas oublié la soutane.

43

Dans les serres du vautour

Les ailes noires du vautour planaient sur la ville.

Les travaux de la grande mosquée étaient achevés, mais la pensée de l'homme dont elle portait le nom avait été trahie.

Karim était parti construire ses « maisons-homme » à Tunis. Il avait laissé à Malek un mot désespéré disant que dans leur pays, où tout plaisir était devenu suspect, ne restaient que les pièces obscures.

Les portes vitrées des salles de repos avaient été remplacées par des portes métalliques rappelant celles des prisons.

Des ombres glissaient dans les couloirs, l'œil assombri par le soupçon.

Dans la bibliothèque, de nombreux livres avaient disparu. Au foyer, on devait prendre garde aux paroles que l'on prononçait.

Quatre années s'étaient écoulées depuis que, tout heureux, Jean-Marie Delavaux avait envoyé son étudiant à Paris dans l'espoir de le voir revenir enseigner à ses côtés. Mais on avait fait comprendre au professeur qui savait si bien enthousiasmer ses élèves et leur ouvrir l'esprit que l'on ne voulait plus de lui. Il s'apprêtait à plier bagage pour rejoindre sa famille à Toulon.

La croisade des fondamentalistes contre la liberté était en marche.

« Je tiendrai », se promet Malek.

Son premier cours porte – ô scandale – sur les « perversions sexuelles ». La grande salle à laquelle il a droit en tant que doublement « docteur » est pleine. À peine a-t-il commencé à parler que des voix hostiles s'élèvent, s'indignant de ses propos. Des voix qui, il s'en doute, ne sont pas celles d'étudiants en psychologie.

Les yeux dans ceux des perturbateurs, il va jusqu'au bout.

Le soir même, il est convoqué par les responsables de l'université, qui lui annoncent que dorénavant ses cours auront lieu dans une salle plus petite. En effet, l'actuelle va être fermée pour travaux. Une moitié sera destinée à agrandir la salle de prière voisine, devenue insuffisante pour accueillir les croyants.

Malek ne renonce pas.

Ses étudiants, les « vrais », ont besoin de lui avant que la psychologie ne soit, à l'instar de la philosophie, rayée des programmes au prétexte d'être subversive, voire anti-révolutionnaire. Ils se serreront, d'autant plus avides d'apprendre que le temps leur est compté.

Mais, désormais, chaque nuit, la rage au ventre, Malek retravaille sa thèse comme le lui a conseillé Jean Laplanche. Dans l'espoir d'une publication, il simplifie, il fluidifie son texte, afin de le rendre accessible au plus grand nombre.

« Le corps dans la tradition au Maghreb ». Le corps frais de Kenza, la mouette rieuse. Le corps délicieusement potelé de l'ange Malika. Le corps brûlant de Nora, l'« impatiente ». Ces corps de femmes que certains, qui réduisent l'amour à un acte honteux et assimilent le plaisir au mal, veulent cacher, soustraire au regard des hommes, frustrant ceux-ci d'un désir naturel, provoquant leur malaise, leur « mal-être », les conduisant à la violence.

Ainsi naissent des guerres fratricides.

Des menaces ont été exercées sur la famille de Jean-Marie Delavaux, qui est parti avant Noël. Faisant ses adieux à Malek, sa voix, si vibrante lorsqu'il l'avait connu, désormais bâillonnée, était brouillée de larmes. Cette fois, il ne reviendrait pas. Ce pays qu'il avait préféré à la France, il ne le reconnaissait plus.

Un proche des fondamentalistes l'a remplacé.

Pour l'instant, ceux-ci se contentent de soumettre Malek à une étroite surveillance. Ils le savent indocile, aimé de ses étudiants, et veulent éviter une révolte.

Contemplant la soutane, cachée sous son matelas comme, autrefois au centre, ses quelques trésors, Malek se souvient des paroles du psaume chanté pendant la messe célébrée par Daniel.

« Louez Dieu au son de la trompette.
Louez-Le par le tambourin et la danse. »

Ce sont les trompettes de l'apocalypse que font sonner certains religieux. On ne danse plus ni n'écoute de musique profane à l'université. L'esprit de possession s'est emparé de ceux-là mêmes qui prétendent servir le Prophète.

Le voici à nouveau convoqué par les autorités, qui lui ordonnent cette fois de bien noter deux étudiantes qui ne le méritent pas. Il se trouve qu'elles sont les filles de « généreux bienfaiteurs », notables de la ville.

Malek refuse.

Son travail sur sa thèse « Le corps dans la tradition du Maghreb » est terminé. Il l'a tapé sur une machine portative dont il a fait l'achat.

Confiant en sa bonne étoile, il l'envoie directement aux PUF. Et tandis qu'il inscrit l'adresse sur l'enveloppe, il se souvient des paroles de Jean Laplanche et de Daniel lorsqu'il leur a fait ses adieux :

« Tu seras toujours le bienvenu ici. »

Et l'assaillent les odeurs de Paris. Elles font vibrer sa tête et allègent sa poitrine. Il respire mieux. Il respire tout court. Peut-on préférer l'odeur du macadam à celle de jardins fleuris toute l'année ? La grise senteur de la pluie sur les pavés, aux bleus effluves marins ?

Bien sûr.

Si ce sont les parfums de la liberté.

Quelques jours plus tard, il découvre que sa chambre a été fouillée. Ses papiers sont éparpillés partout, des livres manquent dans sa bibliothèque personnelle, sa machine à écrire est détruite.

Ce n'est pas le pire.

Sa soutane lacérée est étalée sur le lit.

Le lendemain, à l'issue de son cours, Malek annonce

son départ à ses étudiants bouleversés, leur en révélant la cause : on veut museler sa voix.

Il leur fait le serment de ne jamais les abandonner. De Paris où il va retourner, il ne cessera de parler et d'écrire pour eux. Il leur enverra, ainsi qu'à son pays, des messages d'espoir. Il les adjure de suivre l'exemple du grand poète Victor Hugo et de garder toujours, envers et contre tout, envers et contre tous, leur esprit libre.

La liberté est un chiendent, cette plante qui développe sous terre des rhizomes que l'on dit « aériens », dont ne vient à bout ni la roche la plus dure, ni les barbelés des ronces. À la première fissure, au premier rayon du soleil, elle refleurit.

Un jour, parce qu'elle est inscrite dans la nature même de l'homme, la liberté refleurira en Algérie.

44

Seigneur

Tu as d'abord parlé aux oncles. Vous cinq seulement, cinq hommes que ne séparait plus l'âge, profondément liés par le sang et l'affection.

Alors que tu leur racontais le voile sombre qui s'étendait sur Constantine, tu as lu l'effroi dans leurs yeux, la peur que la guerre recommence, la pire de toutes, celle que se font des frères entre eux.

Ces dernières années avaient été si riches, si pleines de joie de vivre et de promesses.

Se pouvait-il que les hommes soient assez fous pour y apporter le deuil ?

Tu leur as fait part de ta décision de vivre désormais à Paris. À quoi bon toutes ces années d'études si la possibilité de transmettre ton savoir t'était retirée ? Et si cette guerre entre l'ombre et la lumière devait avoir lieu, tu défendrais ton pays depuis la France. Tu lutterais à leurs côtés avec la plus puissante des armes : l'écriture.

La veille – tu en tremblais encore –, un éditeur connu du monde entier t'avait appelé. Il allait publier ton premier livre. Il t'attendait pour signer le contrat.

Comme un enfant dont le plus beau rêve se réalise, tu avais couru vers ta mère pour lui crier la nouvelle et ses yeux avaient brillé de fierté. Il allait falloir à présent lui annoncer ton départ et, là, ce seraient des larmes qu'elle verserait. Tu as demandé à tes oncles de te soutenir dans ton choix. Tu leur as confié leur sœur, ta mère, ton premier amour.

Ils ont promis.

Puis tu t'es rendu chez Amadi.

À celui que tu n'avais jamais cessé de vénérer, tu as livré la plus intime de tes pensées, le fond de ton cœur, les joies et les doutes, les chagrins et les espoirs qui, depuis l'enfance, se l'étaient disputé, le long et ardu chemin qui t'avait conduit à l'écrivain.

Et tandis que tu lui parlais, tu pouvais lire dans le regard du patriarche une tendresse qui te bouleversait, une estime qui achevait d'ouvrir tes ailes.

Il a approuvé ton départ. Il t'a donné sa bénédiction pour l'œuvre à venir.

Ainsi que le voulait l'usage lorsque devait être annoncée une décision importante, un conseil de famille a été réuni. Il s'est tenu dans la vaste salle où – tu avais alors sept ans – le froid de la lame du circonciseur avait éveillé ta mémoire en te faisant homme, t'infligeant la brûlure et les larmes qui n'épargnent aucune existence, mais aussi la fierté et l'élan nécessaire pour la bien conduire.

Devenir homme – il t'avait fallu l'apprendre aussi –, c'était savoir s'éloigner de sa mère sans pour autant la chérir moins.

Le patriarche a pris place sur le trône branlant dont il n'avait jamais voulu se séparer, car il représentait, avec le faste perdu, le pouvoir reconquis sur soi-même. Il t'a invité à t'asseoir à ses côtés.

Au premier rang de l'auditoire, entourant les épouses réconciliées, se tenaient Zohra et ses frères. Derrière eux, sur des coussins, des peaux de mouton, des divans et des canapés, bruissait la petite foule de la famille. Combien étaient-ils ? On n'aurait pu compter, car les enfants avaient été conviés. Et durant la longue cérémonie, ils se tiendraient particulièrement tranquilles, conscients de vivre l'un de ces moments-sommets où l'air est à la fois plus rare et plus pur, se forgeant sans le savoir des souvenirs qui les aideraient peut-être un jour à mieux affronter les moments difficiles de leur vie. À moins que ces souvenirs ne soient source de désolation, car sécrétant l'amer regret d'un monde perdu.

« Chacun d'entre nous porte en lui son destin, a commencé Amadi. Et il est tenu de l'accomplir avec l'aide de Dieu. » Ton destin, Malek, s'était imposé à toi depuis ta plus tendre enfance, lorsque Dieu t'avait infligé l'épreuve de rappeler ton père près de Lui. De la même façon que Hocine t'avait transmis sa sève, ce destin était de transmettre, par la voix ou par l'écrit, ta connaissance de l'univers et des forces diverses qui se partagent l'âme et le corps des hommes. Et, par ton savoir, les aider à donner le meilleur d'eux-mêmes.

Et à cela, nul n'avait le droit de s'opposer.

La voix d'Amadi s'est assombrie. De tout temps, a-t-il poursuivi, il y eut de bons et de mauvais prophètes. Des prophètes porteurs d'espoir, d'autres de désespoir. Lors de son pèlerinage à La Mecque, il avait entendu la parole de Mohammed et c'était une parole d'amour, de pardon, de réconciliation, et non celle de l'enfermement et de la nuit.

Il approuvait donc ta décision d'aller vivre en France, où tu pourrais t'exprimer librement. Il t'a demandé d'y être l'ambassadeur de ta terre d'Algérie.

Un grand silence, fait d'émotion et de respect, emplissait la salle. Un silence où chacun entendait, à sa façon, qu'à la fois il faisait partie du Grand Projet et qu'aux yeux du Créateur il était unique : grain de sable, grain de sel, éclairé par les étoiles.

Plus tard, lorsque ton tour est venu de parler, c'est d'abord vers Zohra que tu t'es tourné. Tu as dit à ta mère que, dans le doux pays qu'est la famille, elle n'avait jamais cessé d'être la messagère du bonheur, y apportant jour après jour sa tendre lumière, sa flamme têtue. Grâce à elle, la main de ton père, toujours vivant dans son cœur, n'avait jamais lâché la tienne. Grâce à sa confiance, tu avais pu aller vers ton destin, devenir celui que tu portais en toi. Avec son accord, tu continuerais.

Que voyait « Petite Rose » sous ses yeux fermés par le ruisseau des larmes ? Le petit garçon, la main dans celle de son père, ce jour où il avait quitté la maison pour n'y plus revenir, enlevé à son amour par la guerre ? Son « grand » qui, au même âge qu'avait alors Hocine, s'apprêtait à partir à son tour, mais pour porter un message de paix ?

Puis tu t'es tourné vers tes oncles et tu les as remerciés de t'avoir, par leur exemple, la ténacité qu'ils mettaient dans leurs entreprises, aidé à grandir droit et à ne jamais relâcher l'effort.

Tu as eu un mot pour Tayeb, le tendre, Rachid, le malicieux, Mahmoud, le têtu, et pour la belle Daloula qui portait son second enfant.

Enfin, à tous ceux, petits et grands, qui composaient ce grand village qu'est la famille, tu as exprimé ton amour et promis que tes pensées, où que tu sois, ne les quitteraient jamais.

D'ailleurs, tu as promis de revenir plusieurs fois chaque année à Skikda, et quand tu as voulu en fixer les dates par écrit, un rire a secoué l'assemblée, car c'était bien ton genre d'en rajouter encore et encore alors que nul n'aurait songé à mettre ta parole en doute.

« La vie, déclamait Didouche, est un vaste théâtre où se côtoient comédie et tragédie. » Ta voix riait et tremblait à la fois lorsque, pour conclure, tu es redevenu Perdican en leur citant les paroles du chœur des villageois :

« Ô patrie, patrie ! L'homme n'est-il donc né que pour un coin de terre, pour y bâtir son nid et y vivre un jour ? »

Où que tu te trouves, l'Algérie, ta « mère patrie », resterait toujours ton pays.

C'est d'Annaba, la ville de saint Augustin, qui possédait à présent son aéroport, que tu as souhaité t'envoler jusqu'à Alger, d'où tu prendrais l'avion pour Paris.

Tu as fait longuement tes adieux à chacun, secrètement peiné que seul Saleh ait exprimé le désir de t'accompagner, mais acceptant que ta famille ait voulu rester près de Zohra pour panser son chagrin.

C'était un beau matin chaud et parfumé d'enfance, comme on n'en trouve que dans le coin de terre où l'on est né et où, vaille que vaille, on a grandi. Un matin qui portait en lui, montant d'une brise marine, des au revoir et de futures floraisons.

Saleh t'a longuement serré contre sa poitrine.

– Va, petit, a-t-il murmuré.

L'avion s'est arraché au sol. Il a survolé Hippone, la basilique de saint Augustin, mât de lumière dressé au milieu des herbes folles et des figuiers, et les passagers ont applaudi.

Mais voilà qu'à la surprise de tous le commandant de bord annonce qu'en raison d'un orage – dont personne ne sent la menace – il va devoir modifier son trajet.

Voici qu'il quitte l'intérieur des terres, revient vers la mer, pique vers Skikda, réduit ses moteurs et longe la plage où toute ta famille, rassemblée autour d'Amadi et de Zohra, agite ses bras vers toi, accompagnant ton envol.

Et tu ris et tu pleures à la fois, comme le « petit » que tu es resté et restera toujours. Seul Moussa l'ingénieur a pu réaliser ce prodige : détourner un avion pour t'offrir ce somptueux cadeau d'adieu.

Et tandis que tu rejoins ton destin, te reviennent ces mots de Plutarque :

« On ne naît pas noble, on le devient. »

Le corps dans la tradition du Maghreb, ton premier livre, sera bientôt publié. D'autres suivront, qui ajouteront à tes titres de noblesse.

Tu as mérité ton nom.

Malek : Seigneur.

Table

Du même auteur
aux éditions Fayard :

L'Esprit de famille (tome I)
L'Avenir de Bernadette (L'Esprit de famille, tome II)
Claire et le Bonheur (L'Esprit de famille, tome III)
Moi, Pauline ! (L'Esprit de famille, tome IV)
L'Esprit de famille (coffret tomes I à IV)
Cécile, la Poison (L'Esprit de famille, tome V)
Cécile et son amour (L'Esprit de famille, tome VI)
Une femme neuve
Rendez-vous avec mon fils
Une femme réconciliée
Croisière (tome I)
Les Pommes d'or (Croisière, tome II)
La Reconquête
L'Amour, Béatrice
Une grande petite fille
Belle-grand-mère (tome I)
Chez Babouchka (Belle-grand-mère, tome II)
Boléro
Bébé couple
Toi, mon pacha (Belle-grand-mère, tome III)
Priez pour petit Paul
Recherche grand-mère désespérément
Allô, Babou viens vite... on a besoin de toi ! (Belle-grand-mère, tome IV)

Chez d'autres éditeurs :

Vous verrez, vous m'aimerez, Plon
Trois femmes et un empereur, Fixot
Une femme en blanc, Robert Laffont
Marie Tempête, Robert Laffont
La Maison des enfants, Robert Laffont
Cris du cœur, Albin Michel
Charlotte et Millie, Robert Laffont
Histoire d'amour, Robert Laffont
Le Talisman, Robert Laffont (La Chaloupe, tome I)
L'Aventurine, Robert Laffont (La Chaloupe, tome II)
Allez France, Robert Laffont
Je serai la Princesse du château, Éditions du Rocher
Un amour de déraison, Éditions du Rocher

Tous les livres cités sont également publiés au Livre de Poche, excepté les romans des éditions Robert Laffont, publiés chez Pocket.

Composition réalisée par NORD COMPO

Achevé d'imprimer en août 2010 en Espagne par
LITOGRAFIA ROSÉS S. A.
08850 Gavá
Dépôt légal 1re publication : septembre 2010
Librairie Générale Française – 31, rue de Fleurus – 75278 Paris Cedex 06

31/2915/2